つわもの長屋
三匹の侍

新美 健

時代小説文庫

角川春樹事務所

目次

第一話　古町長屋の三隠居

一

吉沢忠吉《よしざわただきち》が神田の〈古町長屋《こまちながや》〉に越して、はや一年ほどが経《た》っていた。

本来、〈古町〉とは慶長《けいちょう》以来の三百町を示したものだが、その長屋はもともと〈小町〉長屋と呼ばれていたらしい。

若くて器量よしの娘が多かったのだろう。が、いつかは娘も育って嫁にいく。時代とともに住人は入れ替わり、老人ばかりが集まるところとなって、いつしか〈古町〉長屋と呼ばれるようになったという。

忠吉は、隠居である。

かつては、町奉行所《まちぶぎょうしょ》の同心として市中の悪党どもから畏《おそ》れられていたが、齢《よわい》六十を数えたとき、ふと隠居を決意した。年号も文政《ぶんせい》から天保《てんぽう》に変わった。ちょうどキリがよい。なんとなく、そう思ったのだ。

忠吉の父親は、岡《おか》っ引《ぴ》きの親分であった。弟の忠二《ちゆうじ》は商家の奉公に出され、忠吉はお上の役に立つために厳しく仕込まれたが、なにを思ったのか、父親は同心株を買って忠吉を武家に仕立ててしまった。

だが、今では忠吉もすっかり老いてしまい、長男の吉嗣《よしつぐ》に家督を譲ると、同心屋敷を出て、念願の長屋暮らしをはじめたのだ。

なんてことはない。

元町人が、もとの暮らしに戻っただけである。

お江戸の春。

長閑《のどか》な陽気がつづいているおかげで、忠吉の住処《すみか》も、そろそろ股引《ももひ》きを脱いでもよいかと思えるほどぬくもっていた。

四畳半の間取りに、行灯《あんどん》、火鉢、煙草盆《たばこぼん》などはしつらえている。部屋の隅には布団が畳まれ、他にたいしてものはない。

昨年、家主が長屋を丸ごと建て替えたばかりである。こまめに掃除もしている。まだどこもかしこも小綺麗であった。

そして——。

忠吉は、部屋の真ん中で、獣のごとき姿勢で四《よ》つん這《ば》いになっていた。

手には細筆を持ち、畳上の平板にひろげた紙をにらみつけ、無我夢中の作左衛門《さくざえもん》と化して絵を描《か》いているのだ。

着物の袖《そで》を腋下《わきした》が覗《のぞ》くほどまくり上げ、裾《すそ》は尻《しり》はしょりにして、威勢よくたすき掛けもしている。墨や顔料で着物を汚さないためであった。

以前は机を使っていたが、やがて、畳の上で描いたほうが集中できることに開眼した。なるほど。絵描きに行儀など必要あるまい。どうせ作業中の姿を人に見せるわけではないのだ。

墨汁を筆先に吸わせ、髪の毛の一本一本を丁寧に描く。根気と集中力のいる作業である。紙を間近で凝視しているから、白髪でささやかな髷《まげ》を結った頭は下がり、反対に尻は自然と持ち上がってしまう。

興が乗ってくると、月代剃《さかやきそ》らずになった無毛の頭皮が汗ばみ、橙《だいだい》のごとく血色よく照り輝く。両肩を交互にうねらせ、背肉を激しく躍動させ、ふんぬと鼻息を荒らげ、あられもなく尻をふりたくることさえあった。

夏ともなれば、褌《ふんどし》一枚でこれをやる。

およそ尋常な眺めではない。

あるとき、忠吉に醤油《しょうゆ》を借りようとした隣人の剣術屋が、狐狸《こり》にでも憑《つ》かれたような友垣の狂態乱舞を目の当たりにし、ついに声をかけることなく静々と立ち去ったこともあった。

それはそれとして――。

忠吉が描いているのは、浮世絵である。錦絵《にしきえ》のような版画ではなく、肉筆画である。それも美人画で、顔を描き分けるような技量もないから、ただ一種類の女画しか描くことができなかった。

そもそも、隠居者の趣味なのだ。

誰に師事したわけではない。素人の手慰みだ。それでも、地本問屋《じほんどいや》に持ち込んで見《み》世《せ》の棚に並べてもらうと、不思議と買ってゆく物好きが世間にはいるらしい。

歌麿《うたまろ》や広重《ひろしげ》じゃあるまいし、絵が大金に化けてくれるわけではなかった。毎日描いていると、作品が溜《た》まってしまうので処分しているだけである。それでも、隠居者の小遣い程度にはなってくれていた。

作業のキリがよいところで、忠吉は筆をとめた。唾《つば》を飛ばさぬよう、口の端から止めていた息を吐く。

気をゆるめたせいだろう。不覚にも腰骨が軋《きし》んだ。根を詰めすぎて、背中も鉄板のように張りつめている。

「うぅ……」

ごろん、と横たわった。

こうなると、痛みが散るまで、しばらくは動けない。身体《からだ》の様子をうかがいながら、慎重に筋を伸ばしていき、じわじわと体勢を変え、なんとか仰向《あおむ》けに寝転がることができた。

天井が霞《かす》む。指で眉間《みけん》を揉《も》み込んだ。

「——お祖父様《じいさま》——」

「むぅ？」

戸口で呼ばれ、忠吉はそちらを見た。

土間に立っているのは、武家姿の少年であった。小生意気に月代を剃り、目鼻立ちは涼やかに整っており、着物と袴《はかま》も折り目正しく身につけている。

忠吉の孫——武造《たけぞう》であった。

たしか、歳《とし》は十四のはずである。

「武造よ、もう元服したのか」

「はい、父上が、はやいほうがよいと」

「ほう、わしには……」

一言の断りもなくなあ、という言葉を忠吉は呑《の》み込んだ。

（それほど、わしが家族に疎まれておったということか）

と勝手に合点して、心持ちが暗くなった。

武造は前髪を落としたせいか、まだ顔立ちは幼さを残しているのに、妙に分別くさい澄まし顔が父親にそっくりであった。

（目に入れても痛くないほど可愛い孫。世間には、そういうものがいるらしいが……）

忠吉は、この孫が子供らしく笑ったところを見たことがなかった。

「……それで、なに用か？」

「はい、姉上のことで」

「朔《さく》めが？　なにか、しでかしたか？」

孫娘は、朔という名だ。

こちらは、たしか十六か七になるはずである。

男勝りで気が強く、いまだ嫁にいく気配すらない。女だてらに剣術を習う跳ねっ返りで、町娘ならば〈お俠《きゃん》〉といったところだ。

「姉上が、一昨日《おととい》から屋敷に戻っておりません。柄の悪い輩《やから》とつるんで、盛り場をうろついているとの噂《うわさ》も聞き及びました」

「ほう……。吉嗣には相談したのか？」

「はい、もちろん」

同心である息子の吉嗣は、

『私事で町方は動かない』

と答えたという。

子供のころから、親の忠吉でもなにを考えているのかわからないほど感情を表に出さない息子であった。

根っからの文官肌で、武芸の腕はからっきし。屋敷に戻れば、無口で嫁に頭が上がらない柔弱な男である。

だが、仕事ぶりは優秀で、なによりも公私混同を嫌う堅物であった。

「お祖父様、なんとかしていただけませんか。このままでは、とても外聞が悪いと、母上はたいそう困っておいでです」

「外聞……な」

娘の安否より外聞が大切だというのか……。

「まあ、朔めも、武家の堅苦しさに飽き飽きしたのだろう」

忠吉は、面倒になって適当に答えた。

武造は、呆《あき》れたように眉《まゆ》をひそめる。

「お祖父様も武士でございましょう」

「隠居して、もう町人じゃ」

「隠居でも、武家は武家です」

「ばあろう。今のご時世、武家も町人も、たいして変わらねえよ」

伝法な言葉で、忠吉は言い返した。

大人げなし。まったくなし。

「ともあれ、朔めのことは放《ほう》っておくがよいさ。そのうち落ち着くであろう。それより、せっかくきたのだ。わしの腰でも揉んでゆけ」

「武士は、町人の腰など揉みません」

武造は冷ややかに言い捨てて、そのまま立ち去った。

「ふん……」

忠吉は鼻を鳴らした。

腰の痛みがほどよく散って、なんとか身体を起こせるようになるまで、それから半《はん》刻《とき》（約一時間）ほど待たなければならなかった。

二

古町長屋にも夕暮れが迫った。

忠吉は、朝から絵描きに没頭していたせいで、米を炊くことを忘れていた。もちろん、おかずの用意もしていなかった。

しかたなし、と潔く諦《あきら》めると、隣人の藪木《やぶき》雄太郎《ゆうたろう》を誘って通油町《とおりあぶらちょう》まで足を伸ばし、居酒屋〈酔七《よいしち》〉の縄のれんをくぐった。

間口八尺、奥二間。狭い店である。

居酒屋だが、一膳飯屋《いちぜんめしや》のように、並べた床几《しょうぎ》や、ひっくり返した桶《おけ》に客は座るのだ。

どこから仕入れてくるのか、ここの酒は美味《うま》い。店主も酒を呑みながら客の相手をするので、肴《さかな》作りが面倒になると、外の屋台で寿司《すし》や天麩羅《てんぷら》を買ってくることもしばしばであった。

なる。

忠吉も、それで文句はなかった。歳をとると、腹いっぱい食べることに興味がなくなる。美味い酒と肴があれば充分なのである。

「……おい、なんと申した？」

雄太郎の声が、剣呑《けんのん》な尖《とが》りを帯びた。

ただでさえ狭い居酒屋を、さらに圧迫するような大男である。白髪を乱雑な総髪にまとめ、灰をまぶしたような不精髭《ぶしょうひげ》におおわれた顔は、どこか人馴《ひとな》れした熊を思わせる。鼻筋は太い。眼《め》は小さく、意外にもつぶらであった。

着物は洗いざらしで色あせ、浪人風の着流し姿。帯に一刀だけを無造作に差し込んでいる。老いたりとはいえ、若いころより鍛え抜いた肉体は、二尺三寸の愛刀をハタキのごとく軽々とふりまわすほどであった。

雄太郎は、本郷に〈藪木《やぶき》一刀流《いっとうりゅう》〉の剣術道場を構えていたが、先年に息子の勘兵衛《かんべえ》へ道場を譲り、今は隠居を決めこんでいる老剣客である。

その老剣客が、しゃくれ顎《あご》の小柄な老人をにらんでいた。

「雄の字はよぉ、あったくよぉ、あんたはよぉ、あったくぅ、たいした釣り名人じゃねえか。ええ？　なあ？　そうだろ？」

小柄な老人は、酔眼を光らせて大男の雄太郎に絡みはじめた。

名を、弾七郎《だんしちろう》という。

面長で、すっきりと鼻筋も通り、若いころは伊達な色男であったであろうと思わせる顔立ちだが、細く切れ上がった眼の下には、べっとりと墨を塗ったような隈が浮いている。

無数に継《つ》ぎのあてられた着物と袴を、わざとだらしなく崩して身につけ、頭は野趣にあふれた盆栽のようであった。外見は荒《すさ》んでいても、破落戸《ごろつき》めいた気は塵《ちり》ほどもなく、身にまとった空気は不思議と明るい。

腰には安っぽい朱塗りの刀を差し、いかにも痩《や》せ浪人といった風情であったが、じつは野良の老役者なのである。

「朝からよ、魚釣ってくるって大威張りだったからよぉ、こちとらぁ、舞台を中抜けして、ずっと待ってたんだよ。ここで焼かせて、肴にしようってな。それなのによぉ、つるてんてんの坊主たぁ、ええ、恐れ入ったもんじゃねえか！」

弾七郎は噛《か》みつくような気勢で畳み込んだ。

雄太郎は忠吉の隣人だが、弾七郎はそのさらに隣の部屋に住んでいる。

三人とも、同じ長屋の住人であった。

奇しくも同じ歳である。

まだ若いころ、忠吉は、このふたりと同じ私塾に通っていた。なんとなく気が合ってしまい、いつもつるんで馬鹿なことをしていた。悪戯《いたずら》をし、大騒ぎをし、喧嘩《けんか》をするときもいっしょであった。

だが、私塾に通う歳でもなくなると、それぞれ生活に追われ、それぞれの人生を送ることになった。四十年近くも顔を合わせることはなかった。江戸は狭いようでいて、存外にひろい。会わないときは会わないものだ。

やがて、私塾の恩師が亡くなったと聞いて、葬儀の場に三人は集まった。久方ぶりの再会であった。それからは、互いに連絡をとるようになり、隠居後は同じ長屋に住むことになったのである。

「だから、屋台で買ったものはわしがおごったではないか」

雄太郎は苦い顔をする。弾七郎がここぞとばかりにわめいた。

「ばあろお！　おらぁ、おめえが釣ってきた魚が食いたかったんだよ！　朝からぁ、そういう腹になってんだよ！」

「弾七郎、いい加減にせんか。それとも、わしに喧嘩を売っとるのか？」

雄太郎がうんざり顔となり、のっそりと巨軀《きょく》を立ち上がらせた。

「おっ、おっ、抜くか？　おもしれえ」

弾七郎は眼を輝かせ、三日月のように尖った顎先をしゃくった。

「ふん、厠《かわや》に用があるだけだ。町人にむける刀などないわい」

「おらぁ……侍だど？」

にやり、と弾七郎は不敵に笑った。

雄太郎は、矮軀《わいく》の老役者を見下ろしながら鼻を鳴らす。

「侍だと？　今は町人で、しかも役者ではないか」

「てめえ、役者をバカにしやがるか？」

弾七郎は威勢よく立ち上がると、座っていた桶を蹴飛《けと》ばして、腰に差した朱塗りの刀に手をかけた。

「おう、抜け抜け！　どっちが速いか勝負すっど！」

「抜いたところで、そっちは竹光ではないか」

「だぁらよ、居合で勝負すんだよ」

「わかったわかった。そう意地になるな」

「ばあろお！　意地も張れねえで、なんの江戸っ子だい！　なんの男だい！」

雄太郎はなだめ、弾七郎はいよいよいきり立つ。

「まあまあ、親父《おやじ》さん、藪木の旦那《だんな》」

荒ぶる老人を見兼ねて、店主の洋太《ようた》が仲裁に入った。

長身痩軀《そうく》のひょろりとした優男で、歳よりも若く見えるが、もう三十の半ばを超えているはずだ。商売柄、酔漢の扱いには慣れており、暴れる客を摘《つま》んで追い出すことなど毎晩のことであった。

「おふたりとも、仲がよいのは知ってますがね。そろそろ、じゃれるのもいい加減にしてくださいよ。こないだみたいに、店のものを壊されても、また直すのがたいへんなんですから」

老役者の酔眼が、今度は店主にむけられた。

「なにを、洋太！　てめえ、いつから一人前の口を利けるようになった？　だいたい、この店は、もともとおれのじゃねえか！」

洋太は、弾七郎の養子なのである。立場は弱い。

「ええもう、それはそうですが……ああもう、ねえ、忠吉のご隠居も、なんとか言ってやってくださいよ」

すっかり困《こう》じ果《は》てて、洋太は忠吉にすがってきた。

「ん？　ああ……」

忠吉は、物思いから覚めて顔を上げた。

耳は働いているから、老いた友垣ふたりのやりとりは聞いていたが、酔うと無口になるほうである。歳のせいか、このごろは眠くもなる。口の端から涎《よだれ》が垂れていたので、着物の袖でぬぐいとった。

「まあ、あれだな。隠居ってのは……いや……いざなってみると、あんがい……退屈なもんだな」

しみじみ、忠吉は見当を外してつぶやいた。

隠居後の長屋暮らしに、名家の出で気位の高い嫁は世間体が悪いと大反対したが、忠吉はあくまでも強行したため、半ば意固地になって、長屋に越してからは一度も同心屋敷に顔を見せていない。

ふたりの孫たちは、祖父の気まぐれに呆《あき》れただけで、忠吉がどこに住もうが、とくに興味はないようであった。

ある事情により、妻とは離縁している。気楽この上ない身であったが、孫の元服を知らされていなかったことが、じんわりと老いた胸に沁《し》みていた。

「ふん……」

気が抜けたのか、弾七郎は転がした桶を戻して座り直す。

「ん、そうか……」

雄太郎は厠にむかった。

忠吉は、酔いにたゆたって、ぼんやりと考えた。

この友垣は、どうなのであろうか？

雄太郎は、剣一筋に生きてきた父から道場を受け継いだものの、実戦本位の激しい木刀稽古《けいこ》に太平の世の若者がついてこられるはずもなく、ごく少数の弟子を相手に長らく貧困を強いられていた。

そのせいで、元芸者であった愛妻を病死させてしまったという。

ところが、ひとり息子の勘兵衛に道場を譲ってから、ようやく剣術が商売として成り立つようになってきたらしい。

勘兵衛は、剣の才に恵まれていた。

それ以上に恵まれていたのは、商売の才であった。

木刀から竹刀《しない》に切り替えて、若者には優しく指導することで、生活に余裕ができるほど門弟の数を増やすことに成功していたのだ。

だが、接待稽古で強くなるはずがない。

雄太郎は苦々しく思い、何度も息子を諭したが、勘兵衛は勘兵衛で、剣一途《いちず》に生きてきた父親を露骨に軽んじ、またそれが雄太郎には腹立たしく、雄太郎は〈古町長屋〉に越してきたのだ。

さて、もうひとりの友垣――。

弾七郎は、もとは武家であったが、父親が亡くなると武家の株を売り払い、役者の世界へ飛び込んだ変わり者である。

貧弱な体格と、長すぎる顎が災いして、〈斬られ役の痩せ浪人〉専一として定着するにとどまったが、その独特の愛嬌《あいきょう》に贔屓筋《ひいきすじ》がつき、なんとか食うには困らなかったようだった。

居酒屋の権利も知人のツテで安く手に入れ、芝居好きが高じた商家の娘と夫婦《めおと》になることもできた。

さらに、弾七郎は重度の読本好きで、新作が出るたびに買い求めるから、いつも懐が寂しい。他にも同病の士から譲ってもらったり、廃業した本屋からいただいたりで、これまで入手したおびただしい数の蔵書をしまうため、長屋の一室を借りなければおさまらないほどであった。

ついには、〈酔七〉を養子に譲って、自分まで長屋で寝起きする始末である。

なんと、まあ――。

いよいよ老境にさしかかって、三人とも家出しているような有り様なのであった。

武士の生活は、窮屈なものであった。表向きは金より見栄《みえ》を優先させる。自由に泊まり歩くことさえできない。時節ごとに挨拶《あいさつ》や賂《まいない》を欠かさず、常に上役の機嫌をうかがっていなければならなかった。

だが、ようやく、その立場から解放され、これで悪党どもと切った張ったの付き合いをすることもなくなった。

四十年ほど背負いつづけていた重みが、一気に抜けたのだ。その解放感たるや、じつに爽快なものであった。

上役の与力《よりき》とちがって、同心は〈殿様〉などと呼ばれることはない。必要とあれば、荒くれ者の巣に潜入しなくてはならず、包丁も握ればサイコロもふる。自分でなんでもできなくてはならなかったのだ。

長屋のひとり暮らしなど、わけもないことであった。趣味の絵描きで小遣い稼ぎをして、のどかな隠居生活の日々である。

まったく、平穏そのものだ。

いや、だからこそ、いささか――。

忠吉は、自由に飽いてしまったのかもしれない。そもそも、無為の自由に耐えられるほど、人というものは強くないのである。

酔っているせいなのか——。

隠居の日々に物足りなさを募らせ、素人のお絵描きだけでは消化しきれないものが、いつまでも肚《はら》の底でくすぶっている。

一言でまとめれば、退屈しているのだ。

忠吉は、ひさしぶりに会った孫の顔を思い浮かべた。

あれは、姉を心配する弟の眼差《まなざ》しであったか——それとも、不埒《ふらち》な行状を恥と考えた人でなしのものであったか——。

「忠吉、なんぞ面白いことでも思いついた顔だな」

厠から戻った雄太郎が、腰を下ろしながらそう訊《き》いてきた。毎日の釣り三昧《ざんまい》に飽きて、なにかしら刺激を求める眼をしている。

「おう、そりゃいいや。忠吉っつぁんよ、おれにも聞かせろい、このぉ。でなけりゃ、抜くど？　ええ？　抜くどぉ？」

蕎麦《そば》猪口《ちょこ》に注いだ酒を舐《な》めながら、行灯の明かりで黄表紙を読んでいた弾七郎も、期待の流し眼を忠吉にむけていた。

「なぁに、面白いってほどじゃないが……」

忠吉は、とりあえず朔を捜して、話を聞いてみようと決めた。

（散歩代わりに、少し働いてみるか……）

どうせ、暇なのだ、と。

春という、老人の胸さえ妙に浮つかせる、この季節がけしからんのだ、と。

三

朝陽《あさひ》が昇ると、忠吉は飯もそこそこに長屋を出た。

縞《しま》の着流しに羽織をひっかけた身軽な出で立ちだ。隠居に刀は野暮と心得、帯には喧嘩煙管《けんかぎせる》のみを挟み込んでいた。

日本橋を渡ったところで、私塾へむかう途中の武造を見かけた。

捕まえて訊いてみると、

「いえ、姉上は、まだ戻っておりません」

と武造はかぶりをふった。

たしかに、よほどのことである。

お俠とはいえ、素人の小娘だ。

なにか事件に巻き込まれた、と疑われてもしかたがない。もしや、勾引《かどわ》かしにあったのでは……と忠吉も心配になってきた。

太平の世が長すぎて、安穏にかぶれ、奢侈《しゃし》に溺《おぼ》れ、自重や耐忍という心持ちが人からなくなっている時勢である。男にしろ、女にせよ、欲にかられて、なにをしでかすかわかったものではない。

文政十二（一八二九）年に佐久間町《さくまちょう》で起きた火事は、まだ世間の記憶に新しい。この火事によって田舎から口入れ屋《くちいれや》を通して雇われた大勢の女中が焼け死に、それ以来、江戸では人手となる女の数が不足し、値も高騰しているのだ。

金に困った破落戸どもが、女を勾引かしては売り払う。そんなことも考えられないことではなかった。

武造は、昨日の態度とは打って変わって、俄然《がぜん》姉の探索に乗り出した祖父を不思議そうな眼差しで見つめていた。

忠吉は、あらためて朔が目撃されたという盛り場のことを武造から聞き出すと、そこを中心にして、自身番の番人や、木戸番の番太郎に声をかけ、朔らしい小娘を見かけなかったか、丹念に聞いてまわった。

聞き込みは手慣れたものである。

顔見知りであっても、中には厭《いや》な顔をしたり、わざと嘘《うそ》をついて意地悪をする者もいる。そんなときは、無理をしないにかぎる。しょせん、隠居の暇つぶしで、公儀のお役目ではないからだ。

同心であったときは、権勢ずくではなく、情で信頼をむすぶように心がけていた。おおかたは今でも好意を持って協力してくれた。とくに木戸番の番太郎は老人が多く、孫娘という言葉には甘くなる。

それに、祖父の欲目ではなく、目立つ娘である。

ああ見たよ、という話はいくらでも集まった。

小娘の縄張りなど、たかが知れている。自分の住んでいる町から離れたことがない者もざらにいるほどだ。

昼をすぎたあたりで空腹を覚え、手近の縄のれんをくぐって蕎麦をたぐった。酒がほしかったが、酔っては頭の働きが鈍る。我慢した。

探索をつづけた。

朔の行方《ゆくえ》を絞り込むには、思ったよりも手間がかかりそうであった。ひさしぶりの探索廻《まわ》りということもあり、半日働いただけで、はやくも足腰が軋んでいる。それでも忠吉は歩きつづけた。焦ってはならない。頭の中に日本橋の南北を記した地図を描き、ひとつひとつ町割りを塗り潰していくのだ。

陽が落ちても、忠吉は倦《う》むことなく聞き込みをつづけていた。日本橋の南側に、朔の足取りは残っていない。北側である。中山道《なかせんどう》より西ではない。東にちがいなかった。

今夜のところは、ここで見世仕舞いである。

明日は、本町《ほんちょう》通りを東へたどっていくことにする。両国広小路《りょうごくひろこうじ》まで突き抜け、朔が両国橋《りょうごくばし》を渡ったとなると、話は面倒なことになる。

そのときはそのときである。

闇《やみ》の中で、炯々《けいけい》と眼が光りはじめていることに、忠吉は気づいていなかった。

同心の眼である。

探索をはじめて二日目のことだ。

切れ者と謳《うた》われた元同心にとって、この程度の人捜しなど、わけもないことだと意気込んだが、人出で大賑《おおにぎ》わいの両国広小路で見つけたのは、よほど運がよかったからにほかならなかった。

孫娘は、若衆《わかしゅ》のような姿をしていた。小袖に袴をはき、腰に刀まで差し、髪は浪人のように後ろで束ねている。

男装の娘など、芝居小屋や見せ物小屋でひしめく両国広小路では珍しくもないが、きりりとした美貌《びぼう》もあって、やたらと人目を惹《ひ》く。女として見られることを拒絶するように、胸にはさらしも巻いているようであった。

破落戸めいた若者たちが、朔のまわりに三人ほどたむろしていた。

これが武造の言う〈柄の悪い輩〉のようであった。

（おや、あいつは……）

忠吉は、思わず微笑《ほほえ》んだ。

朔と破落戸たちに挟まれて、すっかり弱り切った顔で身を縮めている奉公人風の男を見つけてしまったのだ。

歳は三十半ば。丸顔で、樽《たる》に手足が生えたような身体だ。

忠吉は、その男を知っていた。

忠吉が十年ほど前に拾い上げ、岡っ引きとして仕込んだ亀三《かめぞう》である。お役目の途中で、奉公人に扮《ふん》しているのだろう。いかにもお人好《ひとよ》しな外見に似合わず、頭は驚くほどの切れ味で、暴漢を前に一歩も引かない胆力のある男であった。

「亀や亀や、小娘にいじめられるとは情けないぞ」

忠吉は、声をかけながら、ゆるりと歩み寄った。

「おまえならば、そこらの破落戸など、ひとりで充分に叩《たた》きのめせるであろう。それとも、わしの隠居に気がゆるんで、すっかり腕を鈍らせたか」

「げぇ、ご隠居」

亀三が、忠吉に気づいて驚きの声を上げた。

朔もふり返り、あっ、と口を開く。

「お爺《じぃ》……！」

ひさかたぶりの顔合わせである。

孫娘は、祖父を前にして顔をこわばらせ、なんともいえない表情を見せた。あきらかに動揺している。

（なぜだ……？）

おまけに、なんのつもりか、刀の柄《つか》に手を伸ばしていた。

忠吉は、すい、と前へ踏み込みながら、帯に挟んだ喧嘩煙管を何気なく抜くと、ぺしりと孫の手の甲を軽く打った。

「う……」

「朔や朔や、小さな童でもあるまいに、あまり亀をいじめるもんじゃない。まあ、それはよしとしても……さて、屋敷に戻ろうじゃないか」

「お爺……私のことは、放っておいてください」

男言葉でつぶやくと、朔はそっぽをむいた。

（この孫も、わしを疎んでいたのか……）

老いた胸を哀切が嚙んだ。

「そうもいかんのだ。ほれ、帰るぞ」

「あ……」

孫娘の手を強引に摑《つか》み、忠吉は大通りに戻ろうとしたが、

「やい、じじい！　その手を放さんか！」

破落戸のひとりが、忠吉に摑みかかろうとする。

すかさず忠吉の右手がひるがえった。長さ一尺半の煙管《きせる》が一閃《いっせん》し、硬い雁首《がんくび》が破落戸の鼻先を強打した。

ぐぅっ、と破落戸はよろめいた。

亀三も、気弱そうなそぶりを消し去り、岡っ引きの強面《こわもて》をあらわにした。鋭い眼光でふたりの破落戸を射竦《いすく》める。その手には、どこかで抜け目なく拾った薪雑把《まきざっぽう》が握られていた。

「この亀三、お嬢が相手でなけりゃ、地獄の閻魔だってふん縛ってやらあ！」

啖呵《たんか》を切った。

そのとき、

「どうした？　なにごとだ？」

剣客風の大男が雑踏の中からあらわれた。

「むぅ……」

これはいかん、と忠吉は気を引き締めた。

大男の顔は豪傑髭《ごうけつひげ》でおおわれ、暴れる髪を苦労して束ねたような総髪である。外見はむさ苦しいが、声が若く、どこか若気の甘さを残している。

だが、腰はどっしりと落ち着き、ただ歩いている姿を見ただけで、その巨軀を感じさせない足さばきに戦慄《せんりつ》した。相当な使い手だ。

亀三も丸顔を青ざめさせ、忠吉とふたりがかりでも敵《かな》わないと察したようであった。

「何者かは知らんが――」

大男は鷹揚《おうよう》に言いかけて、はっと後ろに退《ひ》いた。

その足元に、小さな矢が突き刺さる。

「おう、爺《じじい》と小太り相手によぉ、若いもんが大勢でかかるたぁ、ちーとみっともないんじゃねえかい？」

声がしたほうを見ると、弾七郎が、茶屋から身を乗り出していた。小屋から抜けてきたのだろう。芝居衣装のままで、舞台の小道具でも拝借してきたのか、半弓《はんきゅう》を手に持っている。

そして、もうひとり――。

「忠吉よ、助太刀《すけだち》するぞ」

藪木雄太郎が、ふらりと着流しの巨軀をあらわした。

老人とは思えない剣気を噴き、三人の破落戸らを硬直させる。

「ふふ、忠吉めが、友達甲斐《ともだちがい》もなくひとりで面白そうなことを考えているようだったのでな。朝から、こっそりつけていたのだ」

雄太郎は、獰猛《どうもう》に歯を剝《む》いて笑った。

この老剣客も、暇を持て余してしょうがなかったのだ。

忠吉は苦笑した。

（物好きな友垣どもよ）

思わぬところで、隠居三匹がそろってしまった。

しかし、次に声を上げたのは、若い大男の剣客であった。

「父上！」

そう呼ばれて、雄太郎は太い眉をひそめた。

「ん？　お、おお……勘兵衛か……」

雄太郎の一粒種である。

顔はむさ苦しいが、勘兵衛は、まだ二十四歳の若者であった。

忠吉と雄太郎は知らなかったが、朔が通っていた剣術道場とは、雄太郎が息子に譲った藪木道場であったのだ。

四

孫娘は、ぐれて夜遊びをしていたわけではなかったらしい。

話の発端は――。

朔と仲のよい三味線屋《しゃみせんや》の娘おきくが「お伊勢参りにいく」と置き手紙を残して失踪《しっそう》したことにあった。

おきくは昨年に母親を亡くし、父親が後添えにもらった継母との折り合いが悪く、ぎこちない空気の中で一家三人は暮らしていたらしい。

こんな家は、もういやだ。

出ていきたい。

継母はおろか、もう父親の顔すらも見たくはない。

おきくは、朔にそんな愚痴を漏らしていたという。

そんな矢先の失踪であった。

おきくの父親は、ひとり娘がいなくなったことで憔悴《しょうすい》するほど心配しているが、継母はせいせいした様子を隠さず、町の自身番に届け出をしたのみで、とくに捜索などはしていないらしい。

なにしろ、おきく本人が置き手紙を残しているのだ。

しかし、朔は納得しなかった。

旅に出るなら出るで、仲のよかった自分にくらいは一言あるはずであった。それに、おきくは失踪直前に怪しい男たちに絡まれていたという話も耳にしていた。

（おきくちゃんは、勾引かされたのでは？）

朔は、そんな疑念を強く抱くに至った。

父の吉嗣に相談してみたが、はっきりとした証拠がないかぎり、たったひとりの町人のためにお上が動いてくれるはずもなかった。

そこで、昨年から新たに通いはじめた藪木道場で相談してみたところ、勘兵衛と門弟たちが、おきく捜しを手伝ってくれることになったのだ。

「で？　なぜだい？」

馬喰町《ばくろちょう》を歩きながら、忠吉は訊いた。

「で……なぜ……とは？」

亀三が迷惑そうに聞き返した。

「わしは、おめえさんが娘っ子に絡まれていたワケを知りたいのさ」

「はあ、それは……」

隠居三人衆があらわれたことで気が抜けたらしく、朔は亀三の手をとって詫びると、忠吉は無視して勘兵衛らと立ち去った。

忠吉にも捜索をつづける理由はなくなってしまった。

おきくのことは可哀想《かわいそう》に思うものの、あとは当人たちの気の済むようにやらせておけばいいのだ。

ただ、少し気になることもなくはなかったので、古町長屋へ帰る道すがら、やはり吉嗣同心のもとへ戻ろうとする亀三に途中までのお伴を命じたのだ。

「おい、話なら、〈酔七〉でやればよいではないか」

雄太郎が、そろそろ酒が呑みたそうな顔で言った。

「よし、うちの店を貸すからよ。そのへん、じっくりやろうや。もちろん、その亀三とやらのおごりでな。岡っ引きってのは、やりようによっちゃ、ずいぶん実入りがいいらしいしな」

弾七郎は、その矮軀にたかる気をみなぎらせた。

亀三は、必死にかぶりをふった。

「いいえ、お役目が残っているので、それはご勘弁を」

「ならば、きりきりと白状せい」

忠吉がにらみつけた。

たかられてはたまらない、と亀三も観念したようだった。

「へ、へい、ご隠居……町奉行所でも、〈お伊勢参り〉にいってくると置き手紙をして、日本橋界隈《かいわい》の町娘ばかりが行方知らずになってるってこたあ承知してやして……」

吉嗣同心も亀三ら手下とともに市中を駆けまわり、どうやら勾引かしを専業とする賊の集団があることは突き止めていたのだ。

「なら、どっかに隠れ家があるはずでさ。勾引かした娘らだって、人目を避けて運ばなくちゃならねえ。んで、娘たちが消え失せた場所や、住んでた家なんかを考えてみると……水路を使ったんじゃねえかと、吉沢の旦那が」

「ほう、吉嗣めが……」

忠吉は感心してうなった。

江戸は水の都である。武家や町人が消費する大量の物資を流通させるため、人体の血管のように水路が張り巡らされているのだ。

「それで、隠れ家は見つかったのか？」

「へい、あっしは、両国広小路に腰を据えて、日本橋や深川に放った手下どもから報告を受けていやしたが、手下のひとりが持ち帰った話を聞いて、これが本丸じゃねえかとぴんとくるもんがありやした」

それが、じつは今日のことであったという。

手下には、そこの見張りに戻らせておいて、さて、自分は吉沢の旦那に報《しら》せようかと腰を浮かせたとき――。

「朔めに捕まったということか」

「へい……」

亀三は、朔がおきくの行方を捜していると知っていた。

だから、忠吉の孫娘であり、日ごろ世話になっている上役の娘でもあり、小さなころから顔を知っている朔を安心させたくて、つい犯人の隠れ家がわかったことを漏らしてしまった。

それが、大きなしくじりであった。

朔はまなじりを吊《つ》り上げ、その場所を強硬に問い詰めてきた。おきくを助けたい一心であろう。

しくじりを悟った亀三は、お上に任せておくんないと伏してお願いしたが、こうなると一歩も後に引かない強情な娘である。藪木道場の門下生とともに、亀三を吊《つ》るし上げにしかねない勢いとなった。

そこへ、忠吉が通りかかったのだ。

「なるほどな。ああ、だいたいの話はわかった。で、その隠れ家とやらはどこだね？」

「いえ、ご隠居とはいえ、それはちょぃと……」

亀三は、申し訳なさそうに頭を下げた。

「ほう、そうかえ？　うむ、そうだな。わしは隠居にすぎんからな。朔めと同じく、お役目のことを漏らせるほど信頼できぬかもしれんが……」

忠吉は、往来で立ち止まった。

このままおとなしく長屋へ帰ってもよかったのだが、息子のやり方が、少しばかり癇《かん》に障った。

（町方が動いたのであれば、朔めにそう告げて安心させてやればよいものを。公私の〈けじめ〉となっ　なんの、ただの石頭よ）

どうあっても、知らずにはおかぬ。

そのような心持ちになってきた。

だが、亀三もひとかどの岡っ引きだ。たやすくは口を割るまい。

「ご、ご隠居……」

亀三は、厭な予感がしたらしい。

「おまえにとっても、さぞや迷惑な成り行きであろう。まあ、できることであれば、このような手は使いたくなかったのだが……」

忠吉は、土下座しようと膝《ひざ》を曲げた。

「そりゃ……ひでえ……殺生だ……！」

亀三の顔がひきつった。

岡っ引きとして拾い上げ、一人前に鍛え上げてくれた恩人に、天下の往来で膝をつかせたとあっては、生きた心地がしないであろう。

忠吉の肩にしがみついて懇願してきた。

「や、やめてくだせえ！　後生です！　わかりましたよ、もう！」

「そうかえ？　ありがとうよ、親分さん」

忠吉は、あっさりと腰を伸ばした。

「よしよし、本町通りに出るまででよいから、細かいところも教えておくれ」

「へい……」

亀三は、恨みがましい顔で懐を探った。

「細かいことってなると、たしか帳面に……あれ……」

眉をひそめ、着物のあちこちを探りはじめた。

「帳面とは、あれかね。反古紙《ほごがみ》を小さく切りそろえて束ねたやつか。亀よ、その癖はよくないから、やめよと言ったではないか。頭で覚えておけばよいのさ。いちいち紙に書いてたら、いざってときに遅れをとる」

「でも、もとはといえば、ご隠居が同心のとき、なにかと帳面に書きつけていたじゃないですか。だから、あっしも見習ったんですが……」

「ば、馬鹿め、あれは、おまえ……」

忠吉は、あのとき絵を描いていたのだ。

人相書に文字で特徴を書き記すだけでなく、絵で伝えることはできないかと考えて、あれこれと試行錯誤していただけだ。むいていたのか、たちまち絵のコツは摑んだが、とうてい手配書としては使えずに諦めた経緯があった。

「ああ、やっぱり、ねえ！」

亀三が蒼白《そうはく》になって叫んだ。

「おう、それだったら、忠吉っつぁんの孫娘が、そこの岡っ引きの手を握ったついでに掏《す》っていきやがったぜ。まちがいねえ。おれぁ、見てたんだ。いやぁ、よい腕だったな。あれだったら、本職でも食っていけるんじゃねえか」

弾七郎が呑気に告げると、

「ほう、やりおるな……」

と雄太郎も感心していた。

「たわけめ！」

忠吉は鋭く吐き捨て、亀三をにらんで賊の隠れ家を吐かせると、老人とは思えない速さで駆けだした。

「よし、わしも手伝おう」

「へっ、面白くなってきやがったな、ええ？」

雄太郎と弾七郎も、友垣を追っていった。

五

陽がだいぶ傾き、あと一刻《いっとき》もすれば町中は紅に染まるかと思われた。

両国広小路の南端を右に折れ、町屋と武家屋敷の狭間を抜けて掘割を渡ってから、また少し南にいくと松島町《まつしまちょう》という町屋がある。

四方を武家屋敷に囲まれているのは、その昔、町同心新組の組屋敷であったころの名残であるらしい。

「うむ、あれだな」

勘兵衛は、稲荷《いなり》神社《じんじゃ》の境内に隠れて、細い水路のほうを覗《のぞ》き込んでいた。その先を船ですすんでいくと、隅田川から分岐する箱崎川に出るはずだ。

岸に繋《つな》げられているのは、ずいぶんとくたびれた屋形船であった。

舳《へ》先《さき》から船尾まで、おおよそ十間（約十八メートル）ほどか。

水夫も含めて、二十人は乗れる大きさである。

いわゆる〈船饅頭《ふなまんじゅう》〉と呼ばれる安い遊女がしけこみ先として使うには、いささか立派な造りではあったが、船体はどぶ色にくすみ、障子は黒々と汚れ放題で、ところどころ見苦しく破れていた。

あの亀三とかいう人のよい岡っ引きの懐から拝借した帳面によれば、この屋形船が悪党の隠れ家だということになる。

「朔殿、どうする？」

「いきましょう」

男装の女剣士は、切れ長の眼に強い光を宿らせていた。

「だが……門下生が集まるまで待ったほうがよいのでは？」

兵法の鉄則としては、充分な戦力で襲撃をかけるべきであった。

さらわれた町娘が何人いるのか、敵の戦力がどれほど乗り込んでいるのか、屋形船の障子が閉じられていて判然としない。

気配だけで察すれば、およそ十人ほどはいそうであった。

三人の門下生は、おきくの捜索で江戸中に散らした他の者たちを集結させるために、手分けをして走らせている。朔とふたりきりになりたいという下心もあったが、早計であったかと勘兵衛は後悔していた。

岡っ引きの亀三も、あのあとすぐに同心のもとへ駆け込んで、捕方《とりかた》の出動を要請しているはずであった。

　ここで、あと半刻ほど待てばよいだけであった。

　しかし、朔は激しくかぶりをふった。

「時がありませぬ。見たところ、すぐにでも出立しそうではありませんか」

「うむ……」

　勘兵衛にも、そう見えないことはなかった。

　船尾で賊の一味らしき船頭が、やや苛立《いらだ》った様子で、しきりに油断のない眼をあたりに光らせている。

　狭い水路だ。屋形船の幅では、他の荷船とすれ違うにも苦労し、そのぶん怪しまれてしまう。おそらくは、夜まで人目を避けるため、間に合わせとして繋いでいるだけなのだ。

　ほどなく、移動するはずであった。

　運の悪いことに――。

　女の悲鳴と男の怒声、そして肉をはたく音まで聞こえた。

　朔の顔が、たちまち怒りで紅潮した。

　船頭が舌打ちし、屋形船の中に声をかける。返答があったらしく、小さく首肯し、岸に繋いだ舫《もや》い綱《づな》を解きはじめた。

「いかん。船を出すつもりだ」

「先生、いきましょう！」

勘兵衛も決断した。

男として、憎からず想《おも》っている朔によいところを見せたい。それもある。しかし、それ以上に、父の雄太郎にひと泡吹かせたかったのだ。

剣士として、古くさい生き方しかできず、道場を潰《つぶ》しかけた父親だ。

(あの男に、おれの教え方を接待剣術だと馬鹿にする資格があるのか？　おれのおかげで、あの寂れた道場が、ようやく商売になったのだ。接待剣術で、なにが悪い。武士が、剣よりも唄や三味線を好んで習うような世の中ではないか。あんな生ぬるい稽古で強くなれるのか？　ああ、なれるはずもなかろう。だが、道場主が強ければ、それでよいのだ！)

自分の剣術で悪党を退治すれば、我が剣が実戦で役に立つと証《あか》すことができるのだ。

屋形船は櫓《ろ》で押し出され、ゆったりと動きはじめている。

先に飛び出したのは朔であった。

「待てい！　待てい！」

叫びながら、朔は跳躍し、ひらりと舳先へ飛び乗った。

本来ならば、まず船頭を制して船を止めるべきであったが、このときは頭に血が上ってそこまで考えがいたらなかった。

勘兵衛も、つづいて飛び乗った。

外の異変を察して、屋形船の中から動揺の気配が湧《わ》いた。とはいえ、敵も軽率に飛び出してはこない。それなりに場数を踏んでいるのだろう。息をひそめ、こちらの出方をうかがっていた。

こちらにしても、うかつに踏み込むわけにはいかなかったが、いつまでもこうしてはいられない。正面から障子を蹴倒すべきか……。

朔は、とっさに閃き、抜き打ちで屋形の柱を切断した。

「朔殿、なにを？」

勘兵衛が戸惑いを見せた。

「屋根を潰します！」

「な、なるほど。承知！」

朔の意図を察して、勘兵衛も反対側の柱を両断し、朔と同時に左右からそれぞれ蹴りつけた。何度も蹴るうちに、ただでさえ朽ちかけていた屋形の前半分が崩れ落ち、屋根の木板をあたりに飛び散らせた。

さすがにたまらなかったのだろう。

「や、やめんか！」

女の悲鳴とともに、中から男の怒号が聞こえた。

崩れた屋根や柱を押し上げ、水路へと投げ込んで、むさ苦しげな浪人たちが姿をあらわした。そろいもそろって髭面《ひげづら》で、見分けがつかないほど似通った連中であった。

その奥には、四人の娘がうずくまっている。

朔は眼を見開いた。

「おきくちゃん！　助けにきたぞ！」

「さ、朔ちゃん……！」

朔は、友達の無事に安堵《あんど》した。

あとは救出するだけである。

それだけではあるが、なにしろ浪人の数が多すぎた。

船頭を除いても、八人ほどが潜んでいたのだ。

「ふざけおって！」

浪人のひとりが抜刀し、上段から斬《き》りかかってきた。

ずい、と勘兵衛が前へ踏み込んだ。腰の刀を抜くまでもなく、浪人の手首を受け止めて、ぐいっとひねった。

「うわっ」

と浪人はみずから跳躍するように水路へ落ちていった。

「先生、お見事！」

朔にもひとりの浪人が襲ってきた。

剣先で突いてきたので、右へよけながら、朔の刀は浪人の伸び切った腕をなで上げるようにして斬った。

「ひっ」

傷は浅いはずだが、浪人は悲鳴を上げて刀をとり落とした。斬られた腕を抱え込んで、こちらに背中を見せる。朔は容赦なく蹴りつけて船から落としてやった。

朔は、勘兵衛と並んで、次の相手を品定めした。

不逞《ふてい》浪人は六人に減ったが、三人はさらった娘たちを押え、残りの三人が前に出てきた。奇襲の効果は薄らぎ、浪人たちも慎重さをとり戻している。船の横幅を有効に使い、三人で同時に攻撃する態勢をとった。

一方で、朔と勘兵衛は当初の勢いを削《そ》がれてしまった。

足場のしっかりした地面であれば、ふたりとも並以上の活躍ができた。一対一であれば、たいていの者には負ける気がしなかった。だが、こうなってしまうと、数で勝る敵の方が有利である。

屋形船は、がっ、と舷側《げんそく》を堀石にぶつけた。

ぐらり、と大きく揺れる。

朔と勘兵衛は、不覚にも体勢を崩した。

その隙《すき》を狙って、三人の浪人がかかってきた。

勘兵衛は、ふたりの浪人を相手にしても、かろうじて互角に戦っていた。同時に襲いくる刃を受け、弾《はじ》き、流し、一太刀も身体にかすらせることなくしのいでいる。

朔は、またもや突きを放たれ、

「あっ」

しゃがむことで、鋭い切っ先をかわした。立ち上がる暇はない。しゃがんだまま、こちらも突き返した。が、腰の入っていない突きは軽々と見切られ、逆に手から刀を弾き飛ばされてしまった。

勘兵衛にも、朔を援護する余裕はなかった。

斬られる！

朔が覚悟したときであった。

「こら！」

頭上から、見事な大音声《だいおんじょう》が響き渡った。

孫の朔が、驚いた顔で忠吉を見上げていた。

(間に合《お》うた！)

狭い水路から、箱崎川に出る手前にかかった小さな橋の上である。

疾走によって、ひどく胸は苦しかったが、息を整える猶予はない。さすがというか、
雄太郎は、同じように駆けつづけていたのに平然たるものであった。

ふたりは、同時に飛び降りた。

忠吉は、朔と浪人のあいだに着地し、不逞浪人に笑いかける。

「可愛い孫が世話んなったね。ほれ、この爺とも、ちょっくら遊んでみるかえ？」

「ぬぅ……」

浪人は一歩後退して、刀を正眼《せいがん》に構えなおした。

「お爺、どうやってここを……」

痩せた背中に、孫娘のつぶやきが届いた。

「なあに、このあたりは、わしの庭みたいなもんさ」

町廻《まちまわ》りのお役目で、さんざん歩きまわったものだ。裏道も抜け道も、眼を閉じて散歩できるほど隅々まで知り尽くしている。

雄太郎の跳躍は忠吉よりも大きく、船尾のほうへ着地していた。一味の船頭は、唐突にあらわれた巨漢に脅えて硬直する。雄太郎は、船頭の手から櫓をひったくると、もう用はないとばかりに川へ蹴り落とした。

屋形船は、箱崎川の流れに乗って、川下へ舳先をまわした。

「ふむ、破落戸相手に剣などもったいないわい」

船尾に、娘たちを押えていた浪人のうちふたりがまわったが、雄太郎は櫓をふりまわして、たちまち浪人たちをなぎ倒してしまった。

ひさしぶりの捕物《とりもの》に、忠吉も猛《たけ》っていた。

忠吉は腰の喧嘩煙管を抜きつつ、身をかがめるようにして距離を縮める。

無造作にふった。

甲高い音が響き、折れた刀身がくるくると回転して床板に刺さった。吸い口こそ銀製だが、管まで鍛鉄の喧嘩煙管である。ずっしりと重く、まともにあたれば骨さえ砕くのだ。

「なっ……」

浪人は茫然としたが、忠吉の喧嘩煙管は止まらなかった。顎先を殴りつけ、浪人の首が人形のようにまわり、白目を剝いて崩れ落ちた。

鬼神のごとき老人たちの出現に、浪人たちは狼狽《ろうばい》していた。

「きぇぇぇ！」

慣れぬ船上で苦戦していた勘兵衛が、裂帛《れっぱく》の気合いを放ち、ようやく正面にいた浪人の肩を切り裂いた。もんどりうって浪人は川へ落ちていく。

そのあいだに、忠吉は勘兵衛を襲っていたもうひとりの浪人を捕えていた。本人の薄汚れた帯を使って、器用に手足を縛りつけた。忠吉は捕縛術の名人であり、足場のゆれる場所での捕物も数えきれないほど経験しているのだ。

悪党の残りは、たったひとりになった。

「く、くるな！　こいつの喉をかっ切るぞ！」

勾引かした町娘を人質にとり、その初々しい喉元《のどもと》に刃《やいば》を突きつけた。

「おきくちゃん！」

朔が叫んだ。

では、あの娘が、勾引かされた朔の親友なのだ。

「卑怯《ひきょう》な！」

忠吉の顔が、鬼の形相になったとき——。

「ぐっ」

浪人の手に、小さな矢が突き刺さり、痛みに耐えかねて刀をとり落とす。

すかさず、雄太郎の櫓がうなって、浪人を昏倒させた。

「へぼ役者、よくやった」

雄太郎が友垣を讃《たた》えた。

「ばぁろい。こんな見せ場なんぞ、舞台でへどが出るほどやってんだ。まぁだ覚えねえとでも思ってんのか?」

永久橋《えいきゆうばし》の上で、弾七郎は半弓を掲げて千両役者の笑みを見せた。

卑怯にも人質をとった浪人の手を見事に貫いたのは、弾七郎の放った正義の一矢であったのだ。

忠吉が後ろをふり返ると、水に落とした船頭や浪人たちは岸へ這《は》い上がり、ようやく到着した捕方たちに次々と捕縛されているところであった。

外の騒ぎを聞きつけて、紀伊殿の屋敷から出てきた家臣が、試し斬りに絶好とでも考えたのか、運悪く泳ぎ寄った浪人を刀の錆《さび》にしている光景も眼に入った。

(……侍はむごいな……)

屋形船は行徳河岸《ぎょうとくがし》に差しかかった。

風が心地よい。

眩《まばゆ》く光る川面《かわも》に小魚が跳ねた。

「うむ、ひさびさに、血がたぎったわい」

忠吉は、ぐんと背中を伸ばすと、

「ぐぬぅ……」

と低くうめき、顔中に脂汗が噴き出した。

六

長屋へと帰る道のりであった。

「うむ……なんと情けない……」

忠吉は、孫娘の背に負ぶわれていた。

それほど腰の痛みは深刻であったのだ。

考えてみれば、隠居してから、とくに身体を鍛え直すこともなく、ひたすら長屋にこもって絵描き三昧に徹していた。おまけに、この二日はあちこちと歩きまわったあげく、最後には大立ちまわりまでこなした。

当然の報いである。

せめてもの救いは、雄太郎と弾七郎が、〈酔七〉で本日の祝杯をあげると言って別れ、朔とふたりだけにしてくれたことであった。

「お爺は、なかなかやる」

孫娘は上機嫌であった。

道場で鍛えているだけに、老いた忠吉を楽々と背負って歩いている。

「……そうかえ？」

評価を改められ、悪い気はしなかった。

「うむ、やるお爺だ。頑固だが、頼りになるお爺だ」

「朔や、その男言葉、なんとかならんかえ？」

「ならん」

「そうか……ならんか……」

これは、朔には教えられないことではあったが、岡っ引きの亀三から聞いたところによると、屋形船から助け出した町娘のおきくは、以前より遊ぶ金ほしさに身体を売っていたという。

親は辛《つら》き浮世を送るに、娘は髪化粧を整え、よき衣類を着て、遊芸、または男狂いをなし……呆れたことに、娘の役者買いを黙認する旗本の親もあるという。そういう世の中なのである。

もしかしたら、賊に勾引かされたことは間違いないにしろ、娘たちはお伊勢参りを口実にして、男たちと放埒《ほうらつ》の限りを尽くすつもりであったのかもしれない。

それに比べて、我が孫娘は……。

（まあ、昔から、風変わりな娘ではあったがな）

忠吉は、ふと思い出した。

女の子らしいことより、男の子の遊びを好む変わった子供であった。せがまれて、忠吉が子供用の短い木刀を与えたときも、異様なほどに興奮し、感極まって、なぜか忠吉に木刀で殴りかかってきた。

どういうわけか、甘えることが苦手な娘なのである。

朔が成長するにつれて、忠吉もあまり構ってはやらなくなっていた。同心のお役目で忙しかったせいもあるが、こんな爺に構われても、たいして嬉《うれ》しくなかろうと勝手に合点していたからだ。

（はて、わしが隠居して同心屋敷を出るとき、朔めは見送りすらしなかったが……じつは寂しかったのか？　この爺めと遊びたかったのか？　両国広小路で、一年ぶりに会ったとき、じつは喜んでいたのでは……）

そういえば、と忠吉は眼を閉じた。

息子と嫁の反対を押し切ってまで、なぜ長屋暮らしを強行したのか。

忠吉は、屋敷で役立たずの老いぼれ扱いされるのが、ただ我慢できなかったのだ。

もちろん、それだけではないにしても――。

「朔よ」

「なんだ、お爺」

「まだしばらく、わしは同心屋敷に顔を出すつもりもないが……まあ、たまにはそちらから顔を見せにくるとよいぞ」

「うむ、わかった」

朔は、弾む声で返事をした。

嫁にいっておかしくない年ごろなのに、まだまだ中身は子供なのだ。

うとうと、と。

忠吉は、孫娘の背中で、つい微睡《まどろ》んでしまった。

第二話　残照開眼

一

（いかん……！）

本郷の〈藪木《やぶき》一刀流《いっとうりゅう》〉道場で、二十四歳の若き道場主――藪木《やぶき》勘兵衛《かんべえ》は冷たい汗にまみれていた。

それほど相手に打ち込む隙《すき》がなかったのだ。

霧島隆之介《きりしまりゅうのすけ》。

三十絡みの浪人は、そう名乗った。

眼《め》は眠たげに垂れ、やや鷲鼻《わしばな》が立派すぎたが、だいたいにおいて品のよい武家らしい顔立ちである。六尺（約百八十二センチ）を優に超える勘兵衛ほどではないが、背の丈は充分に高く、俊敏そうに引き締まった身体をしていた。

ふらりと道場にやってきて、一手ご指南を願いたい、と不敵な笑みを口の端に浮かべながら道場主の勘兵衛に挑戦してきた男であった。

いつもであれば、

『他流試合はお断りいたす』

と断るところであったが、

『なに、ご心配めさるな。こちらも同じ一刀流。他流試合というわけでもないゆえ、野暮な逃げ口上などは抜きで、軽くお相手をしてくださらぬか』

と先手を打たれてしまった。

なるほど……。

藪木一刀流も、〈一刀流〉と看板に書きつけているからには、道統を遡《さかのぼ》れば伊藤一《いとういっ》刀斎《とうさい》にたどり着くのだろう。

剣聖と名高き伊藤一刀斎の高弟である小野《おの》忠明《ただあき》が、徳川《とくがわ》将軍家の剣術指南役になったこともあって隆盛した一大流派であった。たとえ我流であっても、流派を名乗る必要があるときには、とりあえず「一刀流」と言っておけばよい。そうすれば、なんとなく格好がつくのだ。

　藪木一刀流にしても、じつに怪しさ極まりなく、本当に一刀流なのかどうかさえ、祖父の代から不明であったらしい。

　ただ、強いことは強い。父の雄太郎も、息子の勘兵衛もだ。

　道場が貧窮していたころは、親子して町の用心棒をしながら、かろうじて生活できるほどの手間賃を稼いでいたほどだ。

　でなければ、戦時に将軍直衛となる御持組《おもちぐみ》や、荒くれ者の中間《ちゅうげん》が多い本郷界隈《かいわい》で、剣術道場などやっていくことはできまい。

　幸か不幸か、門下生はひとりを除いて帰宅していた。

　居残っていたのは――というより、勘兵衛が稽古《けいこ》後にお茶でも一服進ぜようと居残らせた男装の女剣士――朔《さく》のみであった。

（憎からず想《おも》っている娘に、道場主としてよいところを見せる絶好の機会だ）

　と独り身の若者が考えたとしても、誰が責められようか。

「ぬぅぅ……」

　愛《いと》しい朔が見守る前で、〈鍾馗《しょうき》の若先生〉と近隣の町人から呼ばれている勘兵衛はむさ苦しい顔を蒼《あお》ざめさせていた。

　霧島からの要望で、互いに木刀で立ち合った。

防具もなしである。

勘兵衛が正眼《せいがん》に構えた木刀は惑いに惑っていた。どう打ち込んでも、どう攻め込んでも、自分のほうが打ち込まれてしまうだろう。

剣術は理《ことわり》である。

術理の積み重ねである。

足運び、腕のふり、刀の上げ下げ、すべて理に合っていなければならず、将棋のように相手の動きの先の先を読みきった者が必ず勝つ。

だから、勝てないことは、立ち合ったとたんに理解できた。

皮肉にも、勘兵衛の恵まれた天賦が、それを理解させてしまったのだ。

この男には勝てない、と。

霧島は、勘兵衛の苦衷を見抜いたようであった。

「ふふ、藪木一刀流……しょせん、肥臭い野人の剣にすぎないか。我が北辰一刀流《ほくしんいっとうりゅう》の敵ではないようだな」

嘲笑されたが、言い返すことはできなかった。

それほど精緻《せいち》な剣であった。

しかし、真剣であれば勝敗はわからない。

（あるいは、いつも通り竹刀《しない》と防具を身につけていたら――。）

そう思ったとき、小刻みに揺れていた霧島の切っ先が消え失せる。

「くっ……」

左肩に衝撃がきた。

勘兵衛は、したたかに打ちすえられたのだ。

二

「ぐわはははははは！」

豪快な笑いが長屋《ながや》の薄い壁を震わせた。

雄太郎《ゆうたろう》の発したものである。

勘兵衛のもとへ道場破りが襲った翌日、朔は古町長屋《こまちながや》に立ち寄って、無残な負け試合の一部始終を話したのだ。

「不甲斐《ふがい》なし！　じつに不甲斐なし！」

「若先生が負けて、それほど嬉《うれ》しいのですか？」

朔は、呆《あき》れ果《は》てた顔をしていた。

先に忠吉《ただきち》の部屋へ顔を出したらしいが、隠居の祖父は着物を尻はしょりにして絵描きに没我させており、友垣の弾七郎《だんしちろう》が命名した〈尻《しり》の舞い〉もまさに佳境を迎えんという盛り上がりであったらしく、ついに朔は声をかけることなく、そのまま若先生の父――雄太郎を訪《おとな》ってきたのだ。

「なんの、これも天罰というものよ。剣の道を商売道具に貶《おとし》め、せっかくの腕を腐らせておるから、そのように情けない敗北を喫するのだ。いやあ、朔殿、よくぞ報《しら》せてくれた。おかげで、今宵《こよい》の酒は美味《うま》そうだ」

ぐわはははははは！

そして、この満面の笑みである。

「老先生、そこまで仰《おつしや》られては……」

ふぅ、と朔は溜《た》め息《いき》を漏らした。

「たしかに、若先生の教え方は、いささか柔らかすぎて、強き門弟を育てる道場としては問題ありかと思いますが……しかし、剣客としては、本当にお強い人ゆえ、私は藪木道場を選んだのですよ」

「お……そうか……」

雄太郎は、ようやく馬鹿笑いをおさめた。

朔は、背筋をすっきりと伸ばし、端然と膝《ひざ》をそろえて正座しながら、真っすぐな瞳《ひとみ》で雄太郎を見つめていた。

眼が涼しげに切れ上がり、眉《まゆ》は、やや太めである。

しかし、そこがまた凜々《りり》しく、いつ見ても、女にしておくのがもったいないほどの若衆《わかしゅ》ぶりであった。

この小娘に、不肖の息子が惚《ほ》れている。

（男か女か、よくわからん小娘に、なぜ……）

とは思わなかった。

雄太郎も、羽織姿が粋な深川の芸者に惚れた男であった。

深川が江戸の辰巳（東南）にあったことから、深川の芸者は〈辰巳芸者〉と呼ばれている。職人が多い土地柄のせいか、芸者の化粧は薄く、話す言葉も男っぽい。冬でも足袋《たび》は履かず、芸は売っても色は売らない心意気で人気を集めていた。

芸名も、お上による岡場所の摘発をごまかすためか、男名を使っている。雄太郎の妻、お峰《みね》も往時には〈峰吉《みねきち》〉と名乗っていた。

雄太郎が察するに……。

（勘兵衛の愚息めは、稽古で汗を流す若い娘の色香に惑ったのだろう。道場破りを相

手に格好のよいところを見せようとして、敵の力量を読み誤り、逆にのされてしまったのだ)

常日ごろから、

『門弟が弱くても、おれが強ければよいのだ』

と放言してはばからない不肖の息子としては、好いた女の前で恥をかかされた事実は、死にも勝る屈辱であったろう。

もっとも、これは武士の理屈ではなかった。武士の死は主君のための死だ。名誉のための死だ。他にはあり得ない。

とはいえ、剣士としては鼻を折られ、一匹の男としても完膚なきまでに打ちのめされてしまったのだ。

さすがの老剣士も――わずかとはいえ――憐憫《れんびん》の情を催さないこともない。

「ところで、勘兵衛を破った相手の流儀は?」

「はい、北辰一刀流だとか」

「ああ……たしか、玄武館《げんぶかん》とかいう……」

「それです」

朔はうなずいた。

八年ほど前、日本橋品川町《しながわちょう》に道場を構えた新興流派である。

千葉《ちば》周作《しゅうさく》という撃剣家が創始者だという。

家伝剣術に中西一刀流《なかにしいっとうりゅう》を融合して〈北辰一刀流〉と称し、古い剣術にこびりつく神秘性をこそげ落として、技術の習得を追求した理に合った指導法によって着実に門弟の数を増やしているという。

「うむ……わしが聞いたところでは、江戸に道場を構える前《まえ》は、各地で他流試合を繰り返して腕を磨き、上州一と評判の高い馬庭念流《まにわねんりゅう》の小泉弥兵衛《こいずみやへえ》を破ったというから、剣の腕は本物なのであろう」

実際に手合わせをしたことはなかったが、それくらいの評判は隠居した雄太郎の耳にも入っていた。

「しかし、どうであろう？　朔殿も、勘兵衛などは見限って、他の道場の半分の修行で強くなれると評判の北辰一刀流を習ったほうがよいのでは？　本郷に足を運ぶより、よほど同心屋敷からは近かろうに」

「いえ、私は、あくまでも藪木一刀流の神髄を身につけたいのです」

朔は、つんと澄まし顔で言い張った。

「……まあ、よいさ」

勘兵衛を慕っているというよりは、

（いまさら他の道場に乗り換えるのが面倒なだけではないか）

と雄太郎は見当をつけていた。

なぜならば、祖父の忠吉にもそういうところがあるからだ。

「真剣試合でもあるまいし、剣客にとって、負けることも修行のうちよ。ほしければ看板なんぞくれてやれば……ん……おい、まさか……金をやって帰ってもらったのではあるまいな？」

雄太郎の眼が、ふいに剣呑《けんのん》な光を帯びた。

今の御時世、金目当ての道場破りも少なくない。勝負に破れた道場主は、剣客としての体面を失うことを怖れて、いくばくかの金を包んで道場破りに渡すことで口外無用とするのだ。

剣士が強さを売り物にするのはよい。

だが、名を惜しみ、体面を買ってどうするというのか。

（もしそうであれば、愚息の腐りきった腕を斬《き》り飛ばして……）

雄太郎は、よほど怖い眼をしていたのだろう。

「い、いえ……金銭は求められませんでした」

朔は、あわててかぶりをふった。

「そうか」

ならば、看板を持っていかれたのか。

看板など、字を書いた板きれにすぎない。

（なまじ道場などがあるから、守らなければならないと勘違いしてしまうのだろう。潔く潰《つぶ》して、剣術修行の旅にでも出ればよいのだ。また道場を持ちたければ、もっと強くなってからでも遅くないではないか）

息子の人生は、まだたっぷり残っているのだから。

「そこが、妙なのです」

「……ふむ？」

朔の話によると、その道場破りは金も看板も要求せず、

『またくる』

と言い残して立ち去ったというのだ。

金を求めず、看板も奪わず、なにが目的であったのか？

ただ自分の強さをひけらかしたかったとでもいうのか？

「なにか裏があるのか」

「はい、おそらく……」

朔の眼が、なにやら妖しく輝きはじめている。

(なるほど。そういうことか)

雄太郎は得心がゆく思いであった。


「ああ？　つまり、なんだ？　そりゃあ……どういうこった？」

弾七郎は、酔った黒目をぐるぐると器用にまわしてみせた。

雄太郎、忠吉、弾七郎。

いつもの三老人が、居酒屋〈酔七《よいしち》〉で吞《の》んでいるのだ。

店主の洋太《ようた》は、弾七郎の隣で、さいころをふっている。養子と隠居で小銭を賭けて遊んでいるのだ。まだ宵の口ながら、すでに商売をやる体ではなく、しきりに蕎麦猪《そばちょ》口《こ》で酒を吞んでいた。

狭い店内には、珍しく他の客も入っている。

だが、せっせと酒や肴《さかな》を運んで客の相手をしているのは、お琴《こと》という女だ。歳《とし》は三十に届いてはいまい。婀娜《あだ》っぽい中年増の看板娘である。洋太が浅草の水茶屋で知りあったらしく、ときどき見世《みせ》を手伝ってもらっているらしい。

「朔めも、わしらになにを期待しておるのやら……」

忠吉が、焼き魚を箸《はし》でむしりながらつぶやく。

釈然としない顔をしているのは、朔が長屋まで足を運んでおきながら、真っ先に祖父である自分に声もかけなかったことが面白くないらしい。

声をかけたくとも、四畳半で絵筆と尻をふりたくる祖父である。そんな自分の奇矯《ききょう》な癖に、まだ元同心は気づいていないのだ。

「おそらく、先の一件でわしらのことを見直したのであろう。勘兵衛の不始末を、なんとかしてもらいたいのではないかな」

雄太郎の解釈に、うむ、と忠吉はうなずいた。

孫に頼られて、まんざらでもないようであった。

「それで、雄さんはどう思った？」

「ん、わしか？」

「せがれの不始末はせがれに決着をつけさせる。おまえなら、そう考えるはずではないか。勘兵衛殿が負けたと聞いて、大笑いしているのは隣にも……いや、長屋中に聞こえたろうさ」

忠吉の指摘はもっともである。

「まあ、そうなのだが……未熟なせがれに道場を譲った手前、朔殿のように熱心な門下生にも申し訳ないことではあるし……」

雄太郎の歯切れが悪くなった。

「だいてぇだ、おまえさん、おい、雄の字よぅ、せがれが未熟ってんなら、なんで道場を譲ったんだよぅ」

弾七郎が追い討ちをかけ、おらよ、とさいころをふる。おっ、と弾七郎の顔に喜色が弾《はじ》け、あたたっ、と洋太は自分の額を手のひらではたいた。

「う、うむ……」

雄太郎は、腕を組んで煤《すす》けた天井を見上げた。

なぜ道場をせがれに譲ったかと問われれば、毎日ゆったりと川釣りをしたかったからだと答えるしかない。

岸辺に転がる石ころになったように巨軀《きょく》を置き、時の流れを感じながらのんびりすごすのは、思いのほか性分に合っていた。

立っても修行、寝ていても修行である。

生きること——すなわち修行だと心得ていた。

道場主をやめても、剣士までやめたわけではない。町奉行所《まちぶぎょうしょ》の同心とはちがうのだ。

剣士は死ぬまで剣士である。道場を手放すことで、剣に自在を得ると信じた。だから、息子に道場を譲った。

道場そのものが邪魔であったのだ。

生きるもひとり。死ぬもひとりだ。

いよいよ最期と悟れば、ふらりと旅に出て、どこかの山中で野垂れ死にしようかと、まずまず本気で考えている。指の一本も置き残していくつもりだから、墓にはそれを入れてもらえばよい。

死に様は、誰にも見せたくはなかった。それだけは、亡き女房が生き返って拝み伏したとしても、御免蒙《こうむ》りたかった。

歳を重ねるごとに、その思いが強くなっている。

とはいえ――はてさて――。

道場主は隠居はしたものの、まだ死ぬには気がはやかろうし、かといってすすんで老け込むような理由もなかった。

「朔坊は、いい子だと思うけどよぅ。でもよぉ、おりゃあ、女の魂胆に操られるようで、なんか気に入らねえ」

「だが、のぅ……」

「うむ……」

三老人は、互いに視線を絡ませる。

言葉にはせずとも、考えは一致しているようであった。

「やるか？　おい、やんのか？」

「まあ、暇だしのぅ」

「うむ」

じつのところ、隠居は退屈なのだ。

先日の屋形船での大暴れに味を占めて、なにか首を突っ込めそうな手ごろな事件はないかとうずうずしていたところだ。思いの外に、余生とは長いのである。

まずは明日から、

『件の道場破りを探ってみる』

ということに決まった。

今日のところは、もう呑むだけである。

「だがよぉ、朔坊は、それほど雄の字の小せがれを慕ってるのかね？」

「なに、他の道場に移るのが面倒なだけさ。小さなころからそうであったわい。なんのかんのと理屈をつけて、意地でも同じところに通うのさ。妙なところで手間を惜し

そ
むむ娘なのだよ」

「うむ、わしもそう見た」

でもよ、と弾七郎はクダを巻く。

「小せがれは、朔坊に惚れててんだろ？　見りゃわかるぜ。おうおう、お爺殿《じじ》も、そんな厭《いや》な顔すんなって。嗚呼《ああ》、惚れた腫《は》れたとやっかいやっかい。この歳んなると、昔の悪友とつるんでるほうが面白れぇやな。おい、お琴！　このお琴め！　てめえは、どんな男だったら惚れるんだ？」

老役者の眼が据わり、なにやら支離滅裂になっている。

こうなると、雄太郎や忠吉でもどうすることもできない。

洋太も苦り切っていたが、お琴は気にした様子もなく答えた。

「あたしですかい？　そりゃあ、まあ……どんなに酔っていても、ちゃんとあたしを守ってくれるくらいお強い人ですよ」

弾七郎は大笑した。

「洋太よう、てめえじゃあ、駄目だとよ。諦《あきら》めな諦めな。だいてぇな、好いた女をてめえんとこで働かせて、隙を見て手をつけようなんざ、ろくでもねえ野郎の常套手段《じょうとうしゅだん》じゃねえか」

「親父《おやじ》さん、そんな言い草はぁ、いくらなんでも……」

「おおっ、抜くか？　やるか？　ええ？」

弾七郎は、嬉々《きき》として養子に絡んだ。

「いえ、抜きゃしませんよ。竹光は芝居小屋に置いてきやしたし。だいてえ、親父さん、そんなに酔っぱらって居合なんて無理でしょう」

「んだと！　この腑《ふ》抜《ぬ》けが！」

じゃれるふたりを眺め、お琴は猫のように眼を細める。

「ふふ、本当にふたりとも仲がいいんだからさ」

「おうよ！　おらぁ、身体《からだ》は女好きだがよう、心は陰間《かげま》茶屋《ぢやや》っていわれてんでぇ！」

なぜか大威張りの弾七郎であった。

三

霧島隆之介。

そう名乗った浪人は、平川町《ひらかわちょう》の長屋で寝起きしていた。

お城の西側だ。

半蔵御門《はんぞうごもん》から四谷御門《よつやごもん》にむかう途中で、麴町《こうじまち》四丁目と五丁目のあいだを左に曲がったところの少し先である。東に平川天神があり、南には馬場が、西には紀伊徳川家の中屋敷がひかえていた。

（よいところに住んでおる）

忠吉は感心しつつも鼻を鳴らした。

浪人をしているが、もとは譜代家臣《ふだいかしん》であったのかもしれない。朔の言葉によれば、身なりもこざっぱりしていて、金に困った様子は見られなかったという。

霧島浪人の居場所を突き止めたのは、その朔であった。

勘兵衛が敗北を喫したのち、小娘なりになんとかしなくてはならないのではないかと考えたらしく、霧島のあとをつけたのだという。

素人が無茶なことをする。

だが、朔は首尾よくやってのけた。最後まで見失わなかったところは立派である。思ったよりも遠かったため、屋敷への帰宅が遅くなって、さんざん母の小言をもらったらしいが……。

（やりおる。さすが、わしの孫よ）

祖父として、つい笑みがこぼれてしまう。

案内役を果たした朔には、すぐに帰宅を命じた。

孫娘は不満を漏らしたが、若衆姿は目立ってしかたがなく、地味な見張りにむいた性分でもない。あとで話を聞かせると約束してやると、忠吉が買い与えた味噌《みそ》せんべいを噛《か》み砕《くだ》きながらしぶしぶ帰っていった。

これからが——。

忠吉の本領である。

町の自身番に転がり込み、番人と茶飲み話などしながら、町人の話題をさりげなく聞き出していった。

同心の立場ではなく、番人とは知り合いでもなかったが、好々爺《こうこうや》を演じて人の懐に入り込むのは忠吉の得意とするところである。

そして、夕暮れの気配が迫るころ——。

霧島が、ようやく長屋から姿をあらわした。ゆるやかに傾斜する貝坂《かいさか》へ出ていく。起き抜けなのか、まだ眠そうな顔をしていた。

「やあ、世話んなったね」

と番人に挨拶《あいさつ》して、忠吉はあとをつけはじめた。

忠吉は、紺の着流し姿で、老いた遊び人風を装っていた。喧嘩《けんか》煙管《ぎせる》ではなく、長さ八寸ほどの銀煙管《ぎんきせる》を帯に差している。

腰の具合はよろしい。

夜が更ければ、まだ肌寒くなりそうであった。念のため、薄地の羽織を畳んで懐に入れている。冬でなくよかったわい、と忠吉はほくそ笑んだ。

それにしても意外であった。

剣の達人と聞いていたが、浪人の背後は隙だらけである。誰かが自分をつけているとは露ほどにも疑っていないのであろう。

案外、道場の中にかぎった竹刀名人なのかもしれない。よくあることだ。でなければ、朔がつけたときも、油断なく気づいていたはずである。忠吉の追跡は、これで気楽なものとなった。

だが、浪人はお堀沿いに北上するかと思いきや、四谷御門に足先をむける。内藤新《ないとうしん》宿《じゅく》の盛り場にでもいくつもりなのかもしれない。

（こいつぁ……長くなるかのぅ）

なんとなく、そんな予感があった。

長い夜になる。

そうともさ。

にたり、と忠吉は笑う。

同心のお勤めで、うんざりするほど味わったことだ。酒と白粉《おしろい》。行灯《あんどん》と悪巧み。遊女の嘘泣《うそな》きに客の絶望。太鼓持ちの下卑た笑み。賭場《とば》にこもる汗の匂《にお》い。いかさま野郎が流す血の色。反吐《へど》と糞《くそ》としょんべん。

それがお江戸の夜であった。

夜になれば、弾七郎の手も空き、〈酔七〉で落ち合うことになっている。それまでは、忠吉ひとりで頑張らなくてはならなかった。

ならば、雄太郎は？

あの老剣客の友垣には、他にやるべきことがあるのだ。

それは、父親としての重大な役目であった。

四

忠吉が、平川町で浪人の見張りについたころ――。

本郷の藪木道場は、戸も窓も、光をとり込む隙間《すきま》をすべて締め切っていた。

闇《やみ》の中で、勘兵衛は座している。

戸惑い顔の門弟たちへ、しばらく道場は休止とすると宣言し、ずっと道場に閉じこもっているのである。

あのとき、霧島に木刀で肩を強打された。まだ痺《しび》れが残っている。鍛え抜いた身体のおかげで、幸いなことに骨は折れてはいなかったが、屈辱の味はぐつぐつと骨髄にまで染み込んでいた。

勘兵衛は独楽《こま》のようにまわって倒れてしまった。すぐに立ち上がったもの、戦意は欠片《かけら》も残っていなかった。いたぶられた。罠にはまった鼠《ねずみ》のように、突かれ、転がされ、蹴《け》りつけられ、剣士としての矜持《きょうじ》を打ち砕かれた。

じっと座っているだけなのに、勘兵衛の全身をねっちりと濡《ぬ》らす厭な汗がとまらなかった。負けた自分への激しい嫌悪が、雄々しい身体を破裂させんばかりに膨れ上がり、無闇《むやみ》に暴れ狂っている。

落ち込んでいる。

そんな言葉では足りなかった。

脳裏に浮かぶのは、霧島の姿ではない。

父――藪木雄太郎であった。

父は、老いて衰えを自覚したからこそ、ついに投げ出して、息子の自分に道場を譲ったのだと思っていた。

しかし、過日、屋形船で見せつけられた父の働きは見事であった。揺れる船上でも危なげなく戦い、腰の刀さえ抜かずに多数の敵を制し、一瞬たりとも劣勢になることがなかった。

あのとき、勘兵衛も気づいていたのだ。

気づきながら、認めたくなかった。

自分の腕を過信していた。加勢を待たずに突進した軽率さによって、危うく朔を死なせてしまうところであった。

悔しいが、我が身の未熟さを思い知らされた。

そして、このたびの大失態も——。

無様な姿を見られ、もはや朔に合わす顔がなかった。門下生にもだ。ひっそりと道場を閉じて、夜の闇に紛れて江戸から逃げ出すより道はなし。剣も捨て、二度と握ることはないであろう。

そこまで思い詰めていた。

はっ、と勘兵衛はふり返った。

凄《すさ》まじい気配が迫ったかと思うと、いきなり道場の戸が弾《はじ》け飛《と》んだ。人の業とは思えないひと蹴りである。

外の陽光が、闇に慣れた勘兵衛の眼を眩《くら》ませる。

「辛気臭い。じつに臭いぞ」

のっそり、と巨軀が板間に踏み入ってきた。

剣鬼がそこにいた。

勘兵衛が、もっとも憎んだ姿であった。

「情けない。じつに情けない。それが剣士の姿か？　それでも剣士なのか？」

「ち、父上……」

かすれた声しか出なかった。

光に眼が慣れてきた。

老剣客の顔は鬼神のように険しかった。

「なぜ生きておる？」

「え……」

父の意図がわからずに愚かしい顔をした。

「負けて生き恥をさらすのは、いかなる所存だ？　逃げるつもりか？　それもよかろう。勝手にするがよい。そのほうが幸せかもしれぬ。だが、おまえは、道場に居残っておった。意地汚き性根だ。ならば……わしが引導を渡してくれよう」

雄太郎は、壁にかけられていた木刀を一本外し、勘兵衛に投げつけた。

とっさに手で受けとってしまう。

「議はいらぬ。剣で答えよ」

勘兵衛に木刀が襲ってきた。

思わず受けた。

硬い木が衝突し、激しく鳴った。

「う……！」

勘兵衛の手が痺れる。

六十を超えた老人の打ち込みとは思えなかった。

次がきた。

勘兵衛は受け流した。父に踏み込まれた。木と木が打ち合う。鍔迫《つばぜ》り合《あ》いの形に持ち込んだが、父の足腰は巌《いわお》のごとく微動だにしない。それどころか、勘兵衛の若い巨躯が軽々と吹き飛ばされた。

すぐに立ち上がる。

老剣士は畳み込んできた。

勘兵衛は、とっさに後ろへ跳んだ。父は追いかける。木刀がうなる。勘兵衛は受けた。二合。三合。四合。すべての打ち込みが苛烈なもので、ただ足を踏ん張って正面から受け止めるしかなかった。

「おう！」

気組みを放ち、勘兵衛は逆襲に転じた。

とたん、見事にすかされた。

勘兵衛の木刀が泳ぎ、雄太郎に足元を蹴りつけられた。転がった。立ち上がろうとしたとき、勘兵衛の腹を木刀の先がえぐった。激痛で身体が動かない。腕、腿《もも》、肩、脇腹《わきばら》。容赦なく父の木刀がたたきつけられる。

(殺される！)

勘兵衛は、初めて恐怖した。

本気でやらなければ、まちがいなく死んでしまう。

剣士の本能が沸騰した。受けを捨て、攻めの一撃に賭《か》ける。とっさに肚《はら》をくくった。打たれてもよいのだ。骨の数本もくれてやる。

勘兵衛は、上半身が無防備になることを覚悟して、思いっきり低く踏み込んだ。勢いを高めて、横殴りの木刀をふるう。床板をかすめ、父のくるぶしを粉砕するつもりであった。

老剣客は、軽やかに後ろへ退《ひ》いた。

老練である。

だが、その隙に勘兵衛は立ち上がることができた。

素早く正眼に構え、腹で激しく呼吸を繰り返した。一回、二回、三回。下腹に意識を集中し、急速に気を練り込んでいく。

ようやく、足が地に着いてきた。これで戦うことができる。

親と子の死闘が再開された。

道場での稽古を、木刀から竹刀に替えてひさしい。こうして父と一手交えることも、それこそ数年ぶりであった。

父は、構えというほどの構えをとっていない。無造作に木刀をふりまわしていた。

そのくせ、ひとつひとつが技になっている。

それに気づいたとき、勘兵衛は感動にも似た驚きを覚えていた。

隠居したはずの父が、これほど強くなっているとは……。

剣士とは、老境を迎えて、なおも成長できるというのか……。

勘兵衛は、無我夢中で攻撃をしのいだ。隙あらば反撃に転じた。何度も肉に木刀を受けた。床板に転がされ、道場の壁にたたきつけられた。そのたびに立ち上がり、父の技に挑みつづけた。

いつしか――。

童に戻ったように無心で木刀をふっていた。言葉を交わさず、親子は木刀で会話をした。憎しみも、怒りも、殺気も隠すことなくぶつけた。夜になっても、灯はつけなかった。獣が火を使うものか。戸口から差し込む月明かりで、足の裏で覚えた道場の間取りと、互いの気配や息遣いを頼りに壮絶な稽古をつづけた。

腹が減れば、冷えて固くなった飯を嚙み砕いた。それもなくなれば、厨《くりや》の床下に蓄えていた野菜を生でかじった。剣術の他、すべては無為である。傷の手当てすらしなかった。動けなくなれば、そのまま寝転んだ。

藪木道場に、山の獣の住処のような、生臭い気配がたちこめてゆく……。

弾七郎が本郷の賭場を巡りはじめて、三日目のことであった。

加賀松平家の広大な上屋敷をはじめとして、本郷には大名屋敷が多く、それらに出入りする中間や小者《こもの》などの奉公人が住まう長屋も集中している。数が多ければ、それだけ素行が悪い者も多くなる。悪い連中は、群れてかたまり、手慰みに博打《ばくち》などをたしなむようになる。

つまり、賭場には絶好の立地であった。

忠吉の調べによれば、霧島浪人は賭場の用心棒として雇われているらしく、外を歩くときを除けば、ほとんどを賭場ですごしているという。平川町の長屋には寝に戻るだけである。

だが、外で見張っているだけでは、なにもわからない。

そこで、弾七郎の出番と相成ったのである。

この老役者は、読本の次に博打が好物であった。しかも、大の得意である。養子に譲った居酒屋も、賭場で荒稼ぎした金で買ったのだ。儲《もう》けすぎて、賭場の悪党どもから闇討《やみう》ちにあって殺されかけたことも一度や二度ではない。

ともあれ、賭場はご禁制だ。

主催側も警戒心が強いはずだが、弾七郎はしれっとした顔で賭場へ入り込むと、たちまち常連のような態度で場に馴染《なじ》んでしまい、霧島浪人を眼の端に捉えながら、適当に勝ち負けを繰り返していった。

霧島が賭場から出ていくと、弾七郎もさっと切り上げて追いかける。外で見張っていた忠吉と合流し、次に霧島が潜る賭場へ素知らぬ顔で混ざるということを繰り返していた。

そして――。

誰もが遊び疲れ、そろそろ夜も明けかけていたときであった。

霧島が、賭場の者と隅の方で話し込んでいるのを見かけると、弾七郎はわざと大負けして、有金を失って途方に暮れる老人を演じながら、壁にもたれてひと眠りするふりをした。

こっそり盗み聞きをした。

「……藪木道場をな……うむ、そろそろ……仕掛けどき……」

そんな声が耳に入ってきた。

弾七郎は、ようやく苦労が報われたことを知った。

五

神田《かんだ》旅籠町《はたごちょう》にある湯屋の二階で集うことになっていた。

お天道様は、まだてっぺんにもきていない。

雄太郎が到着したとき、すでに忠吉と弾七郎が先にくつろいでいた。湯上がりのさっぱりした顔で、昼酒を楽しむ隠居者の特権を行使していたのだ。

雄太郎も、まず湯へ入った。

連日の荒稽古で汗と脂にまみれ、獣のごとき異様な臭気を発していたからだ。肌を糠袋《ぬかぶくろ》で激しくこすり、溜《た》まりに溜まった垢《あか》を洗い落とすと、おろしたての褌《ふんどし》に替え、浴衣《ゆかた》をはおって二階へ上がった。

貧乏には慣れている。

空腹にも耐えられる。

だが、熱い湯への執着は、歳とともに増していくばかりであった。

「まあ、一杯呑みねえ」

弾七郎が、ほろ酔い顔ですすめてきた。

「うむ」

お上の眼を気にしてか、茶碗酒《ちゃわんざけ》である。

昼から酒を呑む。よいことではなかろうが、いまさら気にする歳でもあるまい。酒は命を養うのか、損なうのか。試してみる価値はある。どちらに賭《か》けるかは言うまでもなかった。

ぐい、と半分ほどあおった。

美味い……。

「あの浪人さん、もとは紀伊徳川家の江戸詰であったようだよ」

三匹の顔がそろったところで、忠吉は調べたことを話しはじめた。

「五百石の立派なお武家様さ。でも、無類の博打好きでな、中屋敷で賭場を開帳したことが露見して、浪人に身をやつすことになっちまった。品川町の道場に通っていたのは、浪人になる前だな。そのあとは、玄武館に足をむけていないようだ」

忠吉の眼が、同心のように鋭くなっていた。

隠居したはずの狩猟犬が、ふたたび昔の舞台を踏むことになって、しだいに獲物を味を思い出してしまったようだ。

「まあ、それでも懲りることなく、あちこちの盛り場に顔を出しては賭場で熱くなっているうちに、あれよあれよと負けがこんでどうにもならなくなった。それで、身体で払うことになったらしい。つまりは、賭場の用心棒だな」

「ふむ……」

雄太郎は、顎髭《あごひげ》をいじりながら考え込んだ。

「用心棒といっても、たいした金にはならんだろう。借銭のかたとなれば、せいぜい手元に小遣い程度が残るくらいだ。せがれを負かしたときに、多少なりとも金をせびったほうがよいはずではないか」

浪人への疑念が深まるというものだ。

「まあ、そうだろうな」

雄太郎の推察に、忠吉も同意した。

「つまりよぅ、もっと大きな絵を描いてたってこった」

と弾七郎が話のつづきを引き受けた。

「忠吉《ただきち》っつぁんが言ったように、奴ぁ、あっちこっちの賭場に出入りしてた。松平加賀守様の中間部屋や、紀伊徳川家の下屋敷にまでこっそり出入りしていやがる。借銭の大きさと顔のひろさが、どっかで釣り合ってんのかねぇ」

弾七郎が呆れ顔をするくらいだから、よほど節操のない交遊をろくでもない連中たちとむすんでいるようであった。

「賭場で、弾さんが聞いたことをまとめると、本郷で賭場の元締めのような連中が企んでいるらしいや。上客のカモはたくさんいるのに、とにかく場所が足りねえ。で、新しい賭場を作るため、藪木道場を狙《ねら》うことにした、と」

「なるほど……」

あとは、雄太郎にも察することができた。

「腕の立つ浪人を使い、門下生がいないときを見計らって勘兵衛めを打ち負かし、しばらく時を置いてから、ふたたび道場を訪うつもりか……」

霧島浪人は、勘兵衛に次のような条件を出すのであろう。

『看板に興味はない。道場主が負けたことを世間に言いふらすつもりもない。あんたは、そのまま道場をつづけていけばよい。そのかわりとして、稽古を終えてから、ここを賭場として使わせてもらいたい』

そのことが判明したのであった。

「とくりゃ、もう見張ってる必要もねえやな。おりゃ、帰って寝るぜ。今日は芝居もねえことだしなあ」

弾七郎は、ごろんと横になって大あくびをした。

「雄さんよ、わしらに手助けできることはここまでさ」

「うむ。まことにかたじけなし」

雄太郎は、二人の友垣に頭を下げた。

「ふん、つまらん台詞《せりふ》を言いやがらぁ」

「弾さんの言う通りだ。そうだぜ。しょせんは隠居の暇つぶしさ。そのへん、あんたにもわかってるはずだがな」

「ああ、わかっておる……」

誰がどこに賭場をこしらえようが、三人とも興味はないのだ。悪所とは根絶できるものではない。人が集まるところには、必ずできるものだ。ときどき見せしめとして潰すくらいが関の山であった。

とはいえ、身内に火の粉がふりかかるとあれば、全力でふりはらうしかない。

「それで、せがれ殿の仕上がりはどうかね？」

忠吉に訊かれ、雄太郎は眼を閉じた。

「うむ……」

貧困のために、雄太郎は妻を病死させてしまった。

勘兵衛が金に執着しているのは、高価な薬さえ買えれば、まだ母親が生きていたかもしれない、と今でも思っているからだろう。

そして、案じていた通り、勘兵衛の腕はずいぶんと落ちていた。親として、剣士として、雄太郎にできることは、なまくらになった息子の剣を鍛え直すこと。それしかなかった。

勘兵衛の眼から、最後まで憎しみの光は消えなかった。

それでよい。

剣士として生きるからには、親を殺してでも強くなるべきであった。

「まずまず……といったところか」

雄太郎は、自信あり気に笑った。


本郷の道場で、ふたたび藪木勘兵衛と霧島隆之介は対峙していた。

霧島としては、意外な成り行きであっただろう。

圧倒的な力量を見せつけ、しばらく間を置いて、霧島の真意に対して疑心にかられているころあいを見計らっての再登場である。

道場を賭場として拝借するという提案に、むしろ勘兵衛は安堵《あんど》とともに飛びつき、話は簡単にまとまると霧島は考えていたはずだった。

「こやつ……」

前回とは様相が異なり、額に脂汗を滲《にじ》ませているのは霧島のほうであった。

互いに正眼の構え。

一刀流の基本形である。

霧島の切っ先は、ひらひらと落ち着かなげに揺れている。常に焦点を定めさせず、相手の動揺を誘うための工夫である。

そして、勘兵衛の木刀は静止している。

眼を半ば伏せ、どこを見ているのか判然としない。戦意を失い、ただ惚《ほう》けているように見えなくもないが、その静かな水面下に激しい剣気が秘められていることを霧島は感じているようであった。

うかつに水面を突けば、奔流が一気にあふれ出て、まわりのすべてを呑み込んで暴れ狂うかのような……。

霧島の頰《ほお》が戦慄《せんりつ》でこわばっていた。

無理もない。短いあいだに、人はこれほど強くなれるものなのか。見違える、という表現さえ生易しかった。まるで別人と入れ替わったがごとき異様な成長ぶりを見せつけられたのだ。

勘兵衛は勘兵衛で、自分でも意外なほど平静であった。

穏やかといってもよい。

たかが木刀だ。

打ちどころが悪ければ死ぬこともあるが、肉を斬られるわけではない。そんなことは、わかっていたはずだ。門下生を逃がさないよう、生ぬるい稽古が常態になっていたため、いつのまにか忘れていた。

　藪木一刀流は、洗練された剣術ではない。

　野人の剣であった。

『野人の剣？　あたりまえではないか。人を殺す。そんなものは、いくら言葉を飾ったところで、しょせんは獣の所業にすぎぬ。牙《きば》がないから人は刀を持つのだ。活人剣《かつじんけん》などは戯言《たわごと》よ』

　父は、かつてそう言い放った。

　太平の世で、そんな剣術になんの意味がある？

　強いことになんの意味がある？

　幼いころ、何度も勘兵衛はそれを問うた。

　そのたびに、父は面倒臭そうに口を閉ざすのだ。

　父にも答えなどなかったのだろう。剣客の子として生れた。だから、雄太郎も、勘兵衛も、自然に剣の道で生きているだけなのである。

　好きなことに金がついてくる。それは、たまたまそうなっただけのこと。驕慢《きょうまん》になることではないが、嫌悪することもなかった。それを自然体で受け止め、こだわることなく受け流せばよいことであった。

勘兵衛の未熟さは、理屈ではわかっても、若さゆえに達観できなかったことであろう。まだ若い。だからどうした。未熟であろうが、老成していようが、人は、ただ生きていくだけのことではないか……。

そう……。

勘兵衛は、まだ若いのだ。

そう考えたときだけ、勘兵衛は父への憐《あわ》れみをわずかなりとも抱けるのだ。

もう寿命の多寡がしれている歳だ。ただ老いて、ただ死ぬことを待つしかない身だ。新しい生き甲斐を見つけ、新しい挑戦をするには、あまりにも残された時が少ないのだ、と。

それは——大間違いであった。

「りゃ！　りゃりゃ！」

霧島は、焦ってきているようであった。

巧みなすり足を使って、勘兵衛との間合いを詰め、さっと距離をとり、また詰めるといったことを繰り返している。

霧島の集中を乱しているのは、道場にこもる臭気のせいもあった。

夏の気配が迫り、よい陽気がつづいている。

勘兵衛は、もう五日も湯に入っていなかった。

しかも、巨漢の親子で流した二人分の汗、血、反吐、ときには排泄物《はいせつぶつ》などが乾き、空気中に拡散し、えもいわれぬ濃密な臭気を醸している。

道場に一歩踏み入れただけで、眼に染みるほどであろう。

「ええええい！」

霧島が気合いをぶつけてきた。

勘兵衛は動じなかった。

しかし、すぅ、と木刀の切っ先をおろした。

霧島の眼が動揺した。

勘兵衛は歩きはじめた。ゆったりと、散歩のような足どりだ。

間合いが詰まる。

霧島は動けなかった。

勘兵衛の静かな威に押され、みずから射竦《いすく》められてしまっているのだ。

あとは軽く打ち込むだけである。

そのとき、

「先生、いらっしゃいますか！」

朔の弾けるような声であった。

「お爺……いえ、祖父からお話はうかがいました。なんでも、またあの浪人がやってくるとか。あっ、もしや、すでにはじまって――」

道場の入口で、朔は眉《まゆ》をひそめた。

「うっ、この臭《にお》い……誰か死んでいるのでは……」

「く……！」

勘兵衛の心が揺れた。

その隙を、霧島は見逃さなかった。

裂帛《れっぱく》の気合いを発し、勘兵衛へと鋭く打ちかかった。

「いえぇぇぇぇぇ！」

無言で木刀をふるっていれば、朔に気を奪われていた勘兵衛は、あっけなく二度目の敗北を喫していたであろう。

だが、霧島の剣気に反応して、勘兵衛の身体が勝手に動いた。

右足を軸に半回転し、霧島の木刀をするりとかわす。無防備に背中を見せたことで、霧島は驚いたはずだ。しかし、身体は回転しても、勘兵衛の木刀は相手に切っ先をむけたままである。

押し込んだ。

「ぐえ……」

突きが、霧島の喉《のど》をえぐっていた。

それを見て、朔は感嘆の笑顔を咲かせた。

「先生、お見事！」

「う、うむ……」

霧島が床板に転げまわり、喉を押さえて苦悶《くもん》しているのを眼の端に捉えながら、勘兵衛は冷や汗でひろい背中を濡らしていた。

危ないところであった。

勝負の最中に、女への体面を気にするなど、未熟にもほどがある。

（こんな様を、あの親父に見られなくてよかった）

勘兵衛は、しみじみ思った。

六

「雄さん、雄さん、ちょいと呑みすぎましたかえ？」

お琴が、心配そうに訊いてきた。

その夜、雄太郎は痛飲してしまった。

息子が一皮むけたお祝いである。

旅籠町で友垣二匹と別れてから、あえて藪木道場に足はむけなかったが、勘兵衛が見事に勝ったことを確信していた。

あれで負けるようであれば、もはや息子は死んだほうがよい。父として、引導を渡してやる心積もりでいたのだ。

弾七郎は湯屋の二階で寝入ってしまい、忠吉は孫娘に今回の裏事情を説明する約束をしたとかで日本橋へむかっていた。もしかしたら、それを聞いた朔が、藪木道場での決着を見にいったかもしれない。

「むぅ、すまぬ……」

雄太郎は、揺れる身体をお琴に支えられて、素直に謝罪した。

酒に呑まれるとは、なんという不覚……。

「いいんですよ、そんな」

お琴は、とくに迷惑そうでもなく、軽やかに笑った。

「あたしも長屋へ帰るところですから、途中までお送りいたしますよ。剣術の大先生との道行きなら、女ひとりよりは心強いですからね」

もとより、世話好きな女なのであろう。

「かたじけない……」

雄太郎は、もう一度礼を述べ、酒臭い吐息を漏らした。

はじめは〈酔七〉で呑もうかと思ったものの、珍しいことに足の踏み場もないほどの大繁盛ぶりで、諦めて近くの呑屋に入ったのだ。

気がつけば、とうに夜半を過ぎていた。

勘定を済ませ、さて、古町長屋に帰ろうかと外へ出たとき、ちょうどお琴と出くわしたのであった。〈酔七〉は朝まで開いているが、ようやく洋太だけで間に合うほど空いてきたのであろう。

肩を並べて、本町通りを歩きだした。

月が煌々《こうこう》と照って、道を明るく照らしてくれている。

気持ちのよい夜であった。

そして、またひとり――。

酒に呑まれた男が、大通りにまろび出てきた。

「あっ……」

と小声を漏らしたのは、霧島隆之介であった。

剣の腕が唯一の自慢であったが、無名の町道場で負けてしまい、なにもかもご破算になってしまった。用心棒に雇われていた賭場にも顔を出せず、平川町の長屋に寄ることさえ危険であった。

しかたなく、顔見知りがいない呑屋を転々として、夜が明けるのを待ってから、江戸より逐電するつもりであったのだ。

このときの霧島が知るはずもないことであったが――。

後日、本郷の賭場は町奉行所から大々的な摘発を受けることになった。

中間連中の賭博のみならば、お上も黙認していたかもしれないが、娘の朔から一部始終を聞いた町奉行所同心・吉沢忠嗣の調べによって、恐喝などの余罪が発覚してしまったのだ。

そういう意味では、運がよかったともいえるが——。

（あの後ろ姿……あの剣気……）

霧島もひどく酔っていた。

一度は圧倒したはずの若造相手に、惨めな敗北を喫した屈辱を洗い流そうと、浴びるほどの酒で胃《い》の腑《ふ》を満たしていたのだ。

体格の似た雄太郎を、息子の勘兵衛と錯誤した。

錯誤は錯乱を呼び寄せた。

剣士としての矜持《きょうじ》は打ち崩された。

もう一度勝たなければ、このまま負け犬として生きるだけである。どうせ逃げるのだ。勘兵衛の同伴者は女ひとり。闇討《やみう》ちにしてしまえばよい。そうだ。なにもかも、こいつが悪いのだ。

復讐《ふくしゅう》の愉悦が脳を沸騰させた。

「ちぇぇぇいっ！」

千鳥足の雄太郎に、背後から斬りかかった。

強烈な殺気を感じても、雄太郎の酔いは醒めなかった。自分の腕にあふれるほどの自信を持っていた壮年のころであれば、どれほど大量の酒を呑んでいても、一瞬で醒めていたはずである。

きらり、と光った。

刃だ。

霧島の刀ではなかった。

雄太郎だ。

ふり返りはしなかった。

相手を見ることもなかった。

露骨すぎる殺気に感応して、勝手に身体が動いただけである。腰の刀を、抜く、という意識すらなく抜き払っていた。

さくり、と斬った。

切っ先だけで、ほとんど手応えはなかった。

噴出した血が夜気を穢《けが》す。

霧島は倒れ伏した。

雄太郎の口から、

げふ、

とげっぷが漏れた。

「うむ、夢酔独剣……とでも名付けるか……」

到達した。

そんな手応えが、じんわりと雄太郎の胸に沁《し》みてきた。

「雄さん……」

お琴が、ひっしと雄太郎の腰にしがみついた。

「あ、あたし……あたし、もう……」

怖かったのか、まるで小娘のように震えている。

いや——脅えているせいではなかった。

雄太郎は、お琴の顔を見下ろした。

お琴の瞳《ひとみ》は爛々《らんらん》と輝き、なぜか熱っぽく潤んでいる。足元がおぼつかないらしく、しっかりと雄太郎が抱き寄せると、甘肌が手のひらに吸いつくようであった。間近で嗅《か》ぐ女の吐息に欲情の気配がある。

「う、うむ……」

思わず息を呑んだ。

お琴は、雄太郎に惚れてしまったのだ。

（昼間、湯に入っておいてよかったわい）

埒《らち》もないことを酔った頭で考えた。

「……野人のごとき剣術三昧《ざんまい》など、いまどき流行らぬかもしれぬな」

「え？」

お琴は眉をひそめ、雄太郎は微笑《ほほえ》みを口元に浮かべた。

「いや、こちらのことよ」

「あい、そんなことより……あたしの長屋にでも……」

「うむ、ゆくか」

「あい……雄さま」

その甘やかな声に、雄太郎の下肢がじんわりと昂《たかぶ》った。

じつに――久方ぶりのことであった。

第三話　野良の意気

一

珍妙な唄《うた》が、居酒屋〈酔七《よいしち》〉から聞こえている。

まことは虚実の皮膜《ひにく》なり
夢かうつつか戯れか
浮いた浮いたで暮らしたや
嗚呼《ああ》　似せ紫　チョイナチョイナ〜

弾七郎《だんしちろう》の声であった。

野良とはいえ、尻尾《しっぽ》が生えて三股《みつまた》に別れそうなほど劫《こう》を経《へ》た老役者である。もとより芸の達者だ。もっと巧《うま》く唄えるはずなのに、即興で、でたらめで、わざと調子を外して、がなって、がなって、がなりまくっている。

これが、弾七郎の流儀での〈粋《いき》〉なのであった。

夜半を一刻《いっとき》（約二時間）ほど過ぎたころであった。

そろそろな頃合いだ、と洋太《ようた》は覚悟していた。

「てんめぇ、おれを馬鹿にすんなぃ！」

さっきまで機嫌がよくても、ちょいと気をそらした隙《すき》に、やにわに酒で眼《め》が据《す》わって怒鳴り散らしはじめる。

それが洋太の義父――弾七郎であった。

「なんですか、いきなり。こっちはね、片づけで忙しいんですよ。馬鹿にしてんのは、親父《おやじ》さんじゃないですかい？」

洋太は、手を休めず、苦り切った顔で答えた。

義父は、湯呑《ゆの》み茶碗《ぢゃわん》で酒を呑《の》んでいる。

酒が安くて美味《うま》いという評判の〈酔七〉であったが、安いからには下り酒のはずがない。常陸《ひたち》や下総《しもうさ》から運ばれた酒を混ぜ合わせているのだ。

問屋で加水されて薄くなっている酒を、さらに水で割ってから、薩摩《さつま》から運ばれてきた焼酎《しょうちゅう》を少し加えて酒精を補っている。結果として、頭のうしろから心地よく酩酊《めいてい》するような酒ができあがる。

その比率が秘中の秘であり、洋太の腕の見せ所であった。

ただ、義父が呑んでいるのは、生の焼酎である。翌日、身体《からだ》に酔いが残らないとかで、このところ気に入っているようであったが、呑みすぎれば同じであった。

焼酎は酒精が強いのだ。

布に染み込ませて火をつけると青い焔《ほのお》が立ち、これを〈焼酎火《しょうちゅうび》〉といって、芝居では人魂《ひとだま》や狐火《きつねび》として使っているほどであった。

「おうよ！　馬鹿にしたがどうしたぃ？　ええ？　雄《ゆう》の字にお琴《こと》をとられたからってよう、いつまでもうだうだしてるからじゃねえか。コンの唐変木のさんぴんが！　鼻の穴へ屋形船を蹴《け》っ込むぞ？」

ひどい言いがかりであった。

いったんこうなると、この義父は手に負えなくなる。

悪態をつく。無理難題をふっかける。湯呑みを投げつける。ときに暴れる。酔い加減によっては、凄《すさ》まじい狂乱ぶりを発することもあって、さすがの洋太も殺意を覚えることすらあった。

もっとも、さんざん酔い散らして、洋太に迷惑をかけた翌日は、いつも照れ臭そうな顔で素直に謝ってくるのだが……。

「おう！ やれるもんならやってみよ！」

洋太は吠《ほ》えると、壁に立てかけていた竹光を手にとった。我ながら惚《ほ》れ惚《ぼ》れするような鮮やかさで腰の帯に差し込む。

幸い、他の客は残っていない。

弾七郎は、年季の入った酒乱老人である。相手にしなければ、嬉々《きき》として聞くに耐えない罵詈《ばり》雑言《ぞうごん》を浴びせてくるに決まっている。

ならば、ここは乗るべきであった。

「お覚悟召され。今宵《こよい》こそ、そのシワ首をたたき落としてくりょう」

「ようし！ きやがれ！」

義父も座っていた桶《おけ》を蹴《け》り飛《と》ばして立ち上がった。

その眼が、またうれしそうに輝いている。

茶番で喧嘩《けんか》の真似事《まねごと》をしてくれる相手がほしいのだ。

茶碗《ちゃわん》を投げつけ、反撃してくれる相手がほしいのだ。

洋太にとって、弾七郎は恩人である。いや、恩人なんて生易しいものではない。孤児の破落戸《ごろつき》であった自分を拾い上げ、役者として身が立つように世話をしてくれ、しかも養子にして居酒屋まで任せてくれたのだ。

どんな無体を押しつけられても逆らえるはずがなく、そんな形で養子の自分に甘えてくれているということが、洋太にはたまらなくうれしかった。

「抜くど！　抜くどぉ！」

「おうよ！」

腰の竹光に手をかけて、互いに居合の構えをとった。

じり、じり、と距離を詰めていく。

はたして……どちらの手がはやいのか……。

洋太が踏み込んだ。

鯉口《こいぐち》は切ってある。身体を沈めつつ、腰をひねって刀身を鞘《さや》の中で加速させる。流れるような動作だ。餓鬼《がき》のころから仕込まれた早抜きの技は、師である義父を凌駕《りょうが》していると秘《ひそ》かに思っていた。

抜いた。

義父も抜いていた。

ひゅっ、と切っ先が同時に鳴る。

互角か――。

竹光をふり切った姿勢で、矮軀《わいく》と長軀《ちょうく》がぴたりと静止した。芝居の型だ。本当に斬《き》るわけではなく、あくまでも姿と見栄えが命であった。

「……え？」

洋太の頰《ほお》に、ちりりと痛みがあった。

とっさに手をあてると、指先がぬるりと濡《ぬ》れる。

「血！」

「おうよ。ほれ、見なよ。コンの竹光のな、先っちょのところによ、薄いかみそり仕込んであんだよ。これを舞台の大立ち回りで使ったらよ、迫真の演技ができるってもんじゃねえか。な？」

「あ、危ねえ！　親父さん、危ねえよ！」

「ああ？　んだとぉ？」

せっかくの工夫を貶《けな》されたと受けとったか、酒乱老役者の双眸《そうぼう》が剣吞《けんのん》な光を帯びて細められたときであった。

どんっ、と天井から大きな音が響いた。

すると、弾七郎の矮軀が硬直する。

「おい」

「へい」

義父と養子は視線を交わし、そろって鞘に竹光を戻した。

「いんのか？」

「そりゃ、いますよ」

二階にいるのは、弾七郎の妻であり、洋太の義母でもあるのだ。

名は、お葉《よう》という。

弾七郎との子を生《な》せなかったせいか、血を分けた親でもかくやというほどに、養子の洋太を可愛《かわい》がってくれている人だ。

弾七郎とお葉を、洋太は本当の親……いや、それ以上のものだと思っていた。

「ありゃ、まだ行き詰まってんのか？」

お葉は、夫の弾七郎に負けぬほどの読本好きであったが、それが高じ果てた末に戯《げ》作《さく》の玄人となってしまった才女である。

宵《よい》っぱりが性分で、昼間は床でぐっすりと寝て、夕暮れ間際に起きては夜っぴて筆をふるうことが多く、めったに店のほうへは降りてこない。

だから、弾七郎も安心しきっていたのだ。

「ええ、なにやら、てえへんなようで」

弾七郎は、長い顎《や》先で小さく何度もうなずいた。

「よし……静かに呑ろう」

「へい……」

みしり、と階段が鳴った。

「おい……降りてくんぞ？　どうする？　ええ？　どうすんだよ？」

「どうするって、親父さんの女房じゃねえですか」

「お、おめえのおっかさんでもあるじゃねえかよ」

「いや、おれは困りませんから。毎度のこととはいえ、なんで親父さんは、そこまでおっかさんに脅えるんですかね」

仲の悪い夫婦ではないのだ。

それなのに、しかも相手は自分の女房だというのに、いつも間男のごとく細心の気を払って避けつづけ、顔を合わせたら合わせたで、まるでお白州《しらす》に引き出された罪人のような大緊張の体である。

「おめえ……そうだけど……そうだけどよぅ」

「親父さん、頼みますから、そんな情けない眼でこっち見ないでくださいよ」

「弾ちゃん……」

「お、おう!」

弾七郎は、木偶人形のようにぎこちなくふりむいた。

お葉の顔は、すっきりとした細面で、じつにアクのない造作である。髪を結うのが面倒なのか、宮女《きゅうじょ》か巫女《みこ》のような垂髪《すいはつ》にしている。

六十過ぎの弾七郎より十五ほど年下ながら、どこか小娘のように若々しかった。生活の垢《あか》を感じさせず、白粉《おしろい》臭さもない。

女にしては背が高く、哀れなほど肉付きの薄い痩身《そうしん》で、ほとんど表を出歩くことがないせいか、抜けるような白い肌をしている。

「お、お葉……」

弾七郎の顔が、純情な悪童のように赤く染まっていく。

よろり、ふらり……。

お葉は、揺れながらやってきた。

酔っぱらいの足どりだ。

「弾ちゃん、あちき……もう、駄目かも……」

一重の瞳に、じゅく、と涙を溜めていた。

二

弾七郎は、〈酔七〉で酔っぱらいのお葉に絡まれて逃げることもかなわず、とうとう古町長屋《こまちながや》まで連れ帰るハメになってしまった。

お葉は、売れっ子の戯作者である。

書いた端から板元がひったくるように持ち帰り、即座に挿し絵が描かれ、職人が木くずに埋もれながら板木を彫り、大量に刷られた草双紙が江戸市中に売り出されるほどの人気ぶりであった。

ところが、このところ、すっかり気力が萎《な》えていたらしい。

失調の原因は、ひとつにはお葉の寡作にあった。女ながら話の筋は骨が太く、洒脱《しゃだつ》な作風で、滑稽譚《こっけいたん》や世話物を得意としていた。が、凝りに凝りまくるほどの凝り性で、年に二冊出せればよいほうであった。

そこへもって、作風を安易に真似《まね》た草双紙が大量に出まわり、胃の腑がねじれるような心持ちでお葉の新作を待ちわびていた読者が飛びつき、本家お葉の売り上げにまで影響しているという。

「ふん、あちきの書いた戯作じゃなくてもよいのなら、あちきだってもういいよぅ。弾ちゃんさえいてくれたら、あちきは幸せなんだよぅ。もう戯作なんて、やめちゃうんだから……」

酒臭い息を吐きながら、お葉がそんな愚痴を繰り返すのだ。

（だがよ、そんなもん、本心のはずぁねえ）

なによりも戯作が好きで、戯作を書くことが大好きで、朝から晩まで戯作に浸《つ》かっていることに無上の喜びを感じる女であった。

それは、弾七郎が一番よく知っている。

「弾ちゃん……弾ちゃん……好きだよぅ……」

お葉は、弾七郎に抱きつきながら、おのれの寂しさと苦しみを訴えた。クダを巻き、さんざん泣きじゃくって、ようやく精根が尽きて寝入ったのは、すっかり世間が明るくなったころであった。

「雄の字ぃ、忠吉《ただきち》っつぁん……なあ、助けてくれよぅ」

弾七郎が、忠吉《ただきち》の部屋で世にも情けない顔をしていた。

一睡もしていないから、いつもより顔が青白く、眼の下の隈《くま》も濃い。化粧なしで、幽霊ものの舞台に上がれそうである。

雄太郎《ゆうたろう》と忠吉は、困惑の顔を見合わせた。

「弾七よ、なんとかと申されてもな……」

「どちらかといや、助けがいるのは、弾さんの女房じゃねえか。ほれ、てめえの部屋にさっさと帰ってやんなよ」

「よぅ、よぅ、そう言うなよぅ」

三匹のご隠居が、シワ深い顔を寄せあってのひそひそ話である。

雄太郎は、太い首をかしげた。

「お葉殿が、贋作《がんさく》……というわけでもないのだろうが、お葉殿モドキの戯作に悩まされていることはわかった。だが、お葉殿の名を騙《かた》ったわけではない。公儀に訴えたところで、どうにもならないことであろう」

「いや……それだけじゃねえんだよぅ……」

もうひとつ、これもお葉にまつわる悩みではあったが、弾七郎には古い友垣に相談しようかどうか、まだ迷っていることがあった。

なにしろコトがコトだけに、どうしても気恥ずかしさが先立ってしまう。

「だいたいな、ぜいたくだよ、弾さん」

忠吉が、かんっ、と煙草盆《たばこぼん》に煙管《きせる》の雁首《がんくび》をたたきつけた。

「……なにがでぃ？」

「二世の縁をむすんだ仲なんだろ？　今でも心変わりしたわけじゃあるめえ。長屋住まいなどせず、いっしょにいてやればよいじゃないか」

忠吉の言葉には、妻と離縁しているだけに実感がこもっていた。

「うむ、道理だ。帰れ帰れ」

雄太郎も、重々しく同意した。

「弾七よ、いったい、なにが気に入らんのだ。気立てのよさそうな女房殿ではないか。徒《あだ》や疎《おろそ》かにすれば罰があたろうぞ」

「そ、そんなんじゃねえ！　そんなんじゃねえやい！」

弾七郎は、子供のように駄々をこねた。

気のいい連中だが、自分の屈託は理解できまい。

弾七郎は、武家株をたたき売ってから、どの一座の専属にもおさまらず、野良の役者として食いぶちを拾ってきた。

元武士として、役者として、二重の屈託があるのだ。

「忠吉っつぁんよぅ、人のことよりも、てめーは離縁した女房と復縁する手でも考えてりゃいいんだよ！　雄の字！　てめーだって、お琴のこと、どう始末するつもりなんだ？　ええ？」

つい啖呵《たんか》を切って、鉄砲玉のように長屋から飛び出した。

啖呵《たんか》は痰火だ。痰火を切る、と言う。ぽんぽんと喉元《のどもと》に溜まったものを吹き飛ばせば、気分もすっきりだ。武士では言いたいこともいえず、言葉の痰《たん》が喉につまり放題だ。なんと町人の気楽なことか……。

また、江戸っ子は口先ばかりで腸《はらわた》なし、とも言う。

（そうともよ。ないさ。ないけどもよぅ……）

でも、なんかはあんでえ！

しかしながら、いよいよ困ったことになった。押しつけられれば跳ね上がるしかないとはいえ、盛大に啖呵を切った手前、いまさら忠吉と雄太郎に相談を持ちかけられなくなってしまったのだ。

（ええい、友垣なんぞ、あてにするもんかよ！）

弾七郎は、そう思い極めた。

こうなれば、ひとりで駆けまわって事態を解決しなければならなかったが……だが、なにをどう解決すればよいものやら……。

それは、お葉のみでなく、弾七郎にも深い関《かか》わりのあることであった。

お葉が世話になっている地本問屋《じほんどいや》〈瑞鶴堂《ずいかくどう》〉は、お葉の作風を貶めたような草双紙の氾濫《はんらん》によって商いで苦戦し、資金繰りに苦しむことになった。

ところが、捨てる神あれば拾う神もあったらしい。

八丁堀の南に店を構える〈紀伊屋《きいや》〉主人の宗右衛門《そうえもん》が、金主として名乗りを上げてくれたのだ。むろんのこと、瑞鶴堂は大喜びであったが、資金援助の条件を聞いて肝を潰した。

宗右衛門は、お葉との婚姻を求めているというのだ。

もちろんのこと、お葉が人の女房であることは承知している。だから、まず離縁して、それから嫁いでもらいたいということである。

（なんとも、ふざけたお大尽じゃねえか）

宗右衛門は、昔からお葉のことを知っているらしい。

それどころか、お葉と宗右衛門は、もともと許嫁《いいなずけ》同士であったのだ。

これには弾七郎も腰を抜かしかけた。

（ああ、そうかよ？　悪因悪果、自業自得、悪事身に返る、刃から出た錆《さび》は研ぐに砥石がない……そういうことなのかよ？　この歳ンなって、ようやく因果の報いがきたってことかよ？）

お葉と弾七郎は、駆け落ちによってむすばれた仲なのである。

空は灰色で、どんよりと景気悪く曇っていた。

弾七郎は深々と悩んでいた。

そして、落ち込んでもいた。

三日ほど、忠吉の真似をして探索というものをやってみた。〈紀伊屋〉のまわりをうろうろしながら、宗右衛門のことを聞いてまわったのだ。

紀伊屋は、本八丁堀《ほんはっちょうぼり》に店を構えた廻船問屋《かいせんどんや》である。自前の廻船《かいせん》を幾隻《せき》も保有し、上方と手堅い商いをしている様子であった。

船頭や水夫を泊める船宿も営んでいるが、ちかごろは屋形船や釣船の商いを考えて、あちこちに声をかけて程度のよい船を集めているという。

宗右衛門の歳《とし》は、もう五十をいくつか過ぎているはずであったが、今でも嫁ぎたいと切望する女が絶えないほどの男ぶりで、気前がよいと誰もが口にする。

親から受け継いだ財にあぐらをかかず、あれほどの店を切り盛りできる才覚であれば、頭もかなり切れるはずであった。

弾七郎が、男として勝るところなど、ひとつとして見あたらない。

（こりゃあ……宗右衛門のお内儀におさまってたほうが、お葉にとっても幸せだったんじゃねえのか？　おい、お葉は外れの富クジを引いちまったのか？　おれぁ、本当にお葉を幸せにできたのか？　子も産ませてやれず、養ってやることもできず、お葉の人生を食《く》い潰《つぶ》しちまっただけじゃねえのか……？）

弱気な性根が露呈し、尖《とが》った顎先まで萎えていた。

弾七郎は、弾正橋《だんじょうばし》を渡った。

ぽつ、ぽつ、と頬を雨粒が濡らす。

本降りとなる前に帰りたいところだ。気怠《けだる》く、短い足をひきずるように河岸《かし》沿《ぞ》いを北上しかけた。

そのとき、

「おう、こいつだこいつだ」

「てめえだな、野良犬みてえにちょろちょろ嗅ぎまわってんのは？」

「ふん、小汚《こぎたね》えじじいだな」

荒々しい足音が後ろから追いつき、三人の破落戸たちが弾七郎をとり囲んだ。

「ああ？」

ずいぶんな挨拶に、弾七郎は首をかしげた。

破落戸は、半纏着《はんてんぎ》に三尺帯《さんじゃくおび》の町鳶《まちとび》どもであった。勇肌で鼻っ柱が強く、相撲取《すもうと》り相手に大喧嘩をするむこうみずぞろいである。

しかし、町鳶に喧嘩を売った覚えはなかった。たとえ売ったところで、貧弱な老役者の値などたかが知れている。どこかの賭場《とば》で見かけた顔も混ざっているが、いよいよわけがわからなかった。

「ああ、じゃねえぞ、このじじいめが」

「うちの旦那《だんな》が迷惑していらっしゃるんだ。二度とこのあたりに顔を出せねえよう、軽く痛めつけてやる。覚悟しな」

「まあ、二、三日寝込むくらいで勘弁してやるか」

「いや、おめえら……」

町鳶のひとりに、いきなりシワ腹を蹴り上げられた。

ぐう、と息が詰まり、弾七郎は矮軀を折り曲げる。

「て、てめぇら……！」

弾七郎は、刀を持ってこなかったことを悔やんだ。鞘から抜いたとしても、しょせんは竹光である。だがしかし、見得《みえ》を切って、啖呵のひとつも吐けないことが口惜《くや》しかったのだ。

頭を殴られ、地べたに転がされた。

三方から蹴りつけられた。

(冗談じゃねえ。こちとら年よりなんだ。あちこちガタきてんだよ。冗談じゃねえぞ。クソ食らえだ。おらぁ……おらぁ……なんだっけか?)

シワ腹に爪先《つまさき》がめり込み、背中を蹴られ、頭を踏みつけにされた。いちいち痛がっている暇もない。恐怖と怒りが沸騰し、わんわんと耳の奥が鳴っている。それでも、両手で頭をかばいながら、嵐《あらし》のような理不尽が通り過ぎるまで、ただ丸くなっているしかなかった。

「おい、本降りになってきやがったぞ」

「んじゃ、はやいとこ片づけて帰ろうや」

「ほれ、ほれ！　じじい、くたばれ！　くたばんな！」

町鳶どもは、好き勝手に弾七郎を痛めつけている。武士であれば、こんな醜態は許されなかったであろう。

弾七郎は、身体が小さく、腕っ節も弱い。

どうあっても、本物の武士にはなれそうにもねえ、と見切ったからこそ、きらびやかな偽りに満ちた世界へ——芝居小屋へと逃げ込んだのだ。

役者は、はなから嘘《うそ》の華である。

——おらぁ……侍だど？

本物の侍ではないから、これが洒落《しゃれ》になる。偽物だから、居直っても恥にはならないのだ。どっと客が受けてくれればよい。笑ってくれればよい。舞台に小銭を投げてくれれば、なおのことよかった。

客席が沸けば沸くほどに、こちらもいよいよ張り切って、脂の乗った大馬鹿を演じられるというものである。

（ところがよぅ、お葉の天賦は本物さ。偽物が本物を食い潰していい道理はねえ。なあ？　そうともよ。はなっから、むすばれちゃいけねえ仲だったんだよ。しょうがねえ。しょうがねえじゃねえかよ。ああ、痛え。痛えよ、おい。こりゃ、下手したら死ぬか……へへ、まあ、しょうがねえか……ああ、ごめんな、かあちゃん）

激痛に耐えかねて、弾七郎の意識が途切れる寸前であった。

「こら！　うぬら、そこを動くな！」

雄太郎の怒声であった。

(あいかわらずよう、頭の骨に響きやがる馬鹿声だぜ……)

気を失いつつ、弾七郎はうれしそうに顔をしかめた。

三

武士の身分なんぞに未練はなかった。

浮かれ浮かれて、浮世を楽しく生きたかった。

杉原《すぎはら》弾七郎が、代々受け継いできた武家株を売り払ったのは、父親が亡くなってから半年後のことであった。

母親も、弾七郎が幼いころに鬼籍にはいっている。

杉原家は、幕府の御先手組《おさきてぐみ》であった。

いざ戦となれば弓を手に先鋒《せんぽう》を務める役目である。先祖は足軽であったらしいが、とにかく武技によって仕えていた。

弾七郎は、杉原家の期待を一身に背負う一粒種であったが、期待をされたところで、あいにく矮軀に生れついてしまった。武芸はからっきし。幼少のころから、もっぱら書物の世界に深々と耽溺《たんでき》していた。

なぜ一粒種で〈弾七郎〉なのかと問われれば、父親が〈七〉という数にたいそうな思い入れがあったのであろうと答えるしかなかった。切実に知りたいと思ったことはなく、おそらく今後もないであろう。

ともあれ――。

武家にはうんざりし、はやくから辟易《へきえき》していた。見栄と誇りだけで、中身はすっからかん。金、権力、欲望だらけだ。みっともねえ……。

うつつとは、辛《つら》く、汚く、哀しく、切ない。

厭世《えんせい》も遁世《とんせい》も大盤振る舞いである。

本と酒と芝居があれば、弾七郎はなにもいらなかった。

草双紙の世界であれば、大尽も貧民も同じ狂言の住人である。面白いか面白くないか。楽しいか楽しくないか。それがすべてであった。つまらなければ、奈落《ならく》の底へ引きずり込んでしまえばよい。

酔狂の世界こそ、本当の世界だ。

浮世狂いを極めたければ、浮世の世界に没頭するしかあるまい。

だから、役者になろうと決意したのだ。

本身を竹光に持ち替えて、弾七郎は小さな一座に潜り込んだ。下っ端の下っ端からはじめて、十年ほど経ってから、ようやく端役を与えられた。

若いころは目元も涼しげな色男ぶり。独特の愛嬌《あいきょう》もたっぷりで、客筋からの受けは悪くなかったが、主役を張れない貧弱な体格と、女形《おやま》を務めるには長すぎる顎が災いして、いつしか〈斬《き》られ役の痩《や》せ浪人〉専一として定着していた。

とはいえ、大小、さまざま、あちこちの座頭《ざがしら》から可愛がられていたから、とりあえず食うに困るようなこともなくなった。

女房と出会ったのは、弾七郎が三十五のころである。

お葉は二十歳。

娘というよりは、もう年増に足を踏み入れている。

芝居好きをこじらせた商家の娘が、舞台上でなますに切り刻まれる弾七郎の雄姿を見初めたらしく、なにがなんでもと面会を申し出てきたのだ。

尻《しり》の小さな女だ。

楽屋裏で初めて会ったとき、弾七郎はそう思った。

緊張しているのか、お葉の表情はこわばっていた。能面のように無表情で、ひたと思いつめると化けて出そうな風情を漂わせていた。

ひょろりとして、棒のような色香のない女であった。肌は透けるように白く、白粉臭さが微塵《みじん》もないところが、どこか浮世離れした天女の姿にも重なって、弾七郎の琴線を震わせた。

すっきりとした細面で、笑うと一重の眼が狐《きつね》のように細くなる。

生身の女など、興味はなかった。男は愚劣だが、女は生臭い。愚劣は無視すればよいが、生臭は鼻をつまんでも毛穴に染み込んでくる。煮ても焼いても始末に負えない代物であった。

だが、お葉だけはちがった。

自分と同じ風景を見て、同じ世界にいる人だ。心から抱きあえる人だ。

惚れた。この女と添い遂げたかった。なに、許婚《いいなずけ》がいる。しったこっちゃねえ。お葉もおいらに惚れてるんだい。

二度三度と逢瀬《おうせ》を重ね、互いの想いを確認したところで、ふたりは手をとりあって上方へと駆け落ちした。

お葉の親元は大騒ぎになったが、三年ほど経《た》ってようやく諦《あきら》めがついたのか、ふたりの仲を許すという運びになって、弾七郎とお葉はお江戸に舞い戻ることができたのだ。

それからもたいへんであった。

大小、さまざま、あちこちの座頭に不義理をしてしまったことの始末で、それから五年ほどかけて下っ端の下っ端の、またさらに下っ端からやりなおして、ようやく出奔前の立場にまで這《は》い上《あ》がることができた。

お葉には苦労をさせ通しであった。

弾七郎は、居酒屋の権利を芝居仲間のツテで安く手に入れ、これでなんとか暮らしていけると思った矢先――。

お葉が手遊びにものした戯作が売れに売れてしまった。

生活が一変した。

まわりの見る眼も変わった。

へぼ役者の弾七郎は果報者じゃ。さんざん苦労をかけた女房の稼ぎで食わせてもらっておる。ああ、あやかりてえ、あやかりてえ……。

やっかみ根性から、そんなことをほざく役者仲間もいた。

そのたびに、弾七郎は拳《こぶし》をご馳走《ちそう》してやった。逆にのされることもたびたびであった。毎日が傷だらけである。

『ばあろい！　こちとら、ただ食うために芝居やってんじゃねえんだ！　心意気でやってんだ！』

負け犬の遠吠《とおぼ》えとしか聞こえまい。

それよりも、口さがない世間によって、お葉が傷つくことだけは厭《いや》であった。

だからこそ、弾七郎は、ひとりでの長屋暮らしを選んだのであった。

ざあざあの大降りであった。

ずぶ濡《ぬ》れの弾七郎は、これもずぶ濡れの雄太郎に担がれて、縄のれんを揚げる前の〈酔七〉へ運び込まれていた。

どこもかしこも痛い。

痛まないところがなかった。

洋太に渡された手ぬぐいで身体をぬぐい、手当てをしてもらった。幸いなことに、骨は折れていないようであったが、雄太郎の見立てによれば、何ヶ所かひびが入っているとのことであった。

我ながら、ひどい面相になっているはずだ。水で濡らした手ぬぐいで顔を冷やしてはいるが、明日にはもっと腫《は》れ上がっているだろう。

「弱いくせに喧嘩なんぞするからだ」

「素人が岡《おか》っ引《ぴ》きの真似事なんぞするからだぜ」

雄太郎と、あとから〈酔七〉にやってきた忠吉に、それぞれ説教を投げつけられた。

「へん……」

弾七郎は、そっぽをむいた。

（うるせえやい！　こっちが頼んだわけじゃねえやい！）

いっそ、居直りたい気分であった。

威勢よく啖呵を切らないのは、口の中も切っているからだ。なにか話そうとするたびに痛んでしかたがなかった。

いつもなら、店の準備であわただしいころあいだが、隠居たちに占領されて、どうも今夜は商いにならないと潔く諦めたのか、洋太は古町長屋まで義母の様子を見にいっていた。

「で、よぅ……なんで、武《たけ》坊が、ここにいんだ？」

弾七郎は口の痛みに顔をしかめつつ、居酒屋の隅へと長い顎をしゃくった。

武坊とは、忠吉の孫の武造《たけぞう》のことである。

私塾の帰りに降られて、雨宿りでもしているのだろう。武造は、ひっくり返した桶ではなく、床几《しょうぎ》の縁に礼儀正しく腰かけて、どこかの屋台で買い求めたらしい寿司《すし》を黙々と頰張《ほおば》っている。

悠揚迫らぬ態度で最後の寿司を平らげると、弾七郎へ慇懃《いんぎん》に頭を下げ、

「いえ、私へのお気遣いは無用に」

ときたものだ。

（こいつぁ……）

可愛げのねえ餓鬼だ、と弾七郎は呆れた。

「じつは、母上が芝居町《しばいまち》通いにはまっておりまして、今も屋敷へ戻っておりませぬ。おかげで、ちかごろは食事が遅くなることもたびたびなので、こうして外で食べることもあるのです」

忠吉も初耳であったのか、驚いて眼を丸くしている。

軽く咳込《せきこ》むように孫へ問いただした。

「吉嗣《よしつぐ》めは、それについてなんと？」

「はい、お役目が忙しくて、まだ気づかれていないのか……あるいは、あえて黙認されているのか……」

武造は、不満げに眉《まゆ》をひそめる。父を非難すると同時に、同心屋敷を出ていったき

りの祖父にもむけられているようであった。

「う……」

　返答に窮した忠吉を助けるため、雄太郎が咳払《せきばら》いをした。

「まあ、そのへんは吉沢《よしざわ》家のお家のこととして……弾七よ、どうする？」

「……どう……だぁ？」

「紀伊屋のことだ」

「弾さん、宗右衛門のことさ」

　雄太郎と忠吉は、元気がない弾七郎を心配して、自分たちでも紀伊屋の周辺に探りを入れていたのだ。

　あのとき、弾七郎は気を失っていたが――。

　雄太郎が蹴散らした町鳶どもは、痛めつけられた身体をさすりさすり弾正橋を渡っていったらしい。

　友垣の救出は雄太郎に任せ、こっそり隠れていた忠吉が町鳶どもを追跡したところ、紀伊屋の裏口に入っていったという。

　ふたりとも、不器用に探索している弾七郎を何度か見かけたらしいが、弾七郎のほうは一度も気がつかなかった。

しかも、怪しげな老人が、宗右衛門の噂《うわさ》を聞きまわる姿は目立ったらしく、相手から襲撃を受けてしまったのだ。

「でも、よぅ……なんで、おれが……」

「うむ、ただ噂を聞きまわっていただけで、なぜ襲われたのか？　弾さん、そいつは、ちょっと考えてみる価値があるようだな」

「弾七よ、他にも引っかかることがある。宗右衛門には、悪い噂がないのだ。まったく、ないのだ。いや、たしかに善人の中の善人であれば、そういうこともあるのかもしれんが……あれほどの大店を繁盛させていて、後ろ暗い噂のひとつもないというのは、かえって怪しいのではないか？」

「あ、ああ……」

弾七郎は、ぼんやりした顔でうなずいた。

「それに、ずいぶん金を唸らせているというのに、あの歳まで独り身ってのは、いろいろと勘ぐられてもしかたがなかろう。そうではないか？　ん？」

「そ、それも、そうだな……」

弾七郎は、うん、うん、と張り子人形のように何度もうなずいた。

たしかに、なにかがある。

裏に隠されている。

　忠吉が、雄太郎の先をつないだ。

「裏のことは、おいおい調べていくとして……そもそも、弾さんが宗右衛門に後ろめたく思うこともないのさ」

「どう……いうこと、でぇ？」

「わしが調べたところ、宗右衛門が江戸に戻ったのが三年前だ」

「戻った？　ずっと、江戸に……」

「いたんじゃねえようだな。二十五年ほども昔のことだが、父親の女遊びが派手だったらしくて、それに嫉妬《しっと》した女房に刺し殺されている。たしか女房は獄門台《ごくもんだい》送りで、そのときに商いの不祥事が露見して店も潰れたはずさ。それで、宗右衛門は親戚《しんせき》のいる上方あたりに逃れていたらしい。弾さんとお葉さんが、ちょうど駆け落ちしたあとだ。ならば、お葉さんが不幸な目に遭わなかったことを喜びこそすれ、いまさら弾さんが気に病むことじゃないだろうぜ」

「……そうか……」

　弾七郎の頭は、それまで自分の想《おも》いだけであふれ返っていたが、友垣の指摘によって、渦巻いていた靄がすっきりと晴れてきた気分であった。

「さすがぁ、おいらの、友垣だ。へっ、頼りんならぁ」

弾七郎は、にやり、と口の端を吊《つ》り上《あ》げ、いてて、と顔をしかめた。

「そうとも、弾さんよ」

「はなから、わしらを頼ればよかったのだ」

忠吉も、雄太郎も、まだ不機嫌の芽が残っているようであった。

(ああ、そうか……そうだったのかよ……)

弾七郎は喧嘩好きだが、人から助太刀を受けるのが嫌いだった。そのくせ、人の喧嘩には無謀に顔を突っ込む性分である。

町鳶に襲われたときも、弾七郎が気を失いかけるまで、雄太郎は助っ人に飛び出そうとはしなかったのであろう。

それが、弾七郎にはうれしかった。

さすが友垣だ、と思う。

自分のなけなしの心意気ってもんをよぉくわかってくれている。

「へっ、へへへ……」

涙が滲むほどうれしかった。

「……弾さん、どうした?」

「殴られすぎて、頭がどうにかなったのではないか？」

ふたりは不安げな顔になった。

「いやあ、面目ねえ……」

えへへへ、と弾七郎は小僧のように照れ笑いをした。

ここに歳をくった馬鹿が三匹いる。

生一本で豪傑肌の雄太郎。

昔から道理と分別を好む忠吉。

そして、諧謔《かいぎゃく》と短慮と向こう見ずとくれば、弾七郎の受け持ちである。

劫を経れば、世知に長《た》けるという。

が、歳を食ったところで、とくに人は賢くならないらしい。地道を面倒がり、隙も多くなり、幼稚にもなっていく。てやんでえ、とくらぁ。馬鹿は馬鹿なりに、世間に迷惑をかけながら、図太く生きていけばよいのだ。

「あれ、これは……？」

武造が妙な声を出した。

弾七郎がそちらを見ると、忠吉の孫は床几の下を覗《のぞ》き込み、落ちていた綴《と》じ本を拾い上げたところであった。

「ああ、そりゃ、たぶん……」

洋太が買ってきた黄表紙である。

黄表紙とは、草双紙の一種だ。大人むけの軽妙な読み物で、お葉が書く戯作も同じ形式で出版されている。

武造が手にした黄表紙《きびょうし》は、挿し絵も含めてお葉の作品に似ていたが、弾七郎は一瞥《いちべつ》しただけで下品に真似ただけの偽物だと喝破していた。

(まあ、どうせくだらねえにちがいないが……)

酒や芝居と同じくらいに読本が好物な弾七郎としては、噂の偽本がどの程度のものか気になり、お葉の眼を盗んで買ってこいと養子に命じておいたのであった。

おそらく、洋太が暇つぶしに読んでいたところに、怪我をした養父が担ぎ込まれたので、あわてて床几の下に隠していたのであろう。

「武造、それがどうした?」

なにか予感があったのか、忠吉が同心の眼で訊《き》いた。

「はい。この草双紙ですが」

少年は、ひどく分別臭い顔でうなずく。

「どうやら、私が通っている私塾の先輩が書いたものではないかと」

四

そして、翌々日のことである。

「これはこれは……いったい何事でございますかな？」

紀伊屋の宗右衛門は、番頭に呼ばれて店の奥から出てきた。

背が高く、役者のように見栄えのする男であった。頬などにたるみも見られず、きりりと引き締まった顔をしている。

三人の来客を眼にして、怪訝《けげん》そうに眉をひそめていた。

「わしは、吉沢忠吉という八丁堀屋敷のもんなんだがね」

忠吉は、鷹揚《おうよう》な態度でうなずいた。

縞の着流しに羽織をひっかけ、帯には愛用の喧嘩煙管《けんかぎせる》を挟み込んでいる。

「はあ、八丁堀と申されますと……」

宗右衛門の眼に用心深さが滲んだ。

「いや、せがれは同心だが、わしはただの隠居よ。なに、ちょいと知り合いのことで話をつけに寄っただけさ」

「なるほど。お話ですか。おや……」

宗右衛門は、忠吉の右隣に眼を移した。

「あなたは、たしか〈瑞鶴堂〉の……」

「ええ、藤次郎《とうじろう》でございます」

お葉が世話になっている板元の主人であった。五十歳を超えたであろう面に険しいシワを眉間《みけん》に刻んでいるが、なにも不機嫌なわけではない。ただの地顔である。しかし、その眼は厳しい光を宿らせている。

怪しげな客人は、もう一人——忠吉の左隣に控えていた。

歳は三十半ばほどであろうか。地味な商人風の小男が、いかにも人がよさそうに微笑《ほほえ》んでいる。中肉中背。顔立ちはのっぺりとしていて、とくに特筆すべきものが見あたらない凡庸さで、人相書に特徴を記すのが難しそうであった。

だから、たいした男ではあるまい、と一瞥で値踏みしたらしく、宗右衛門は小男の名も聞かずに無視を決め込んだようであった。

「ああ……」

ふと合点がいったように、宗右衛門の口元がほころんだ。

商売人だけに、本心の隠匿は巧みであったが、その笑みの奥に不敵な悪意が潜んでいることを、忠吉は見てとっていた。

「もしや、お話というのは、お葉さんのことでしょうか？　ようやく決心してくださったとか？　だとすれば、あたしも嬉《うれ》しい。瑞鶴堂さんには、この話をまとめていただいたお礼をたっぷりと――」

「まあ、お葉さんのことではあるんだがね」

忠吉は、宗右衛門の言葉を断ち切った。

「その話の前に、まず見てもらいたいもんがある。――雄さん、連れてきてくんな」

「おうよ」

雄太郎の巨軀《きよく》が、のっそりと土間に踏み入ってきた。

いつもの着流し姿である。

大きな手には、場違いな荒縄が握られていて、その先には弾七郎を襲った町鳶三人が団子状に繫《つな》がれていた。

今朝方、あらためて捕獲してきたのである。

「だ、旦那ぁ……」

町鳶は、情けない顔で宗右衛門を見ていた。

火事ともなれば、町鳶ほど勇ましく、頼りになる男たちはいない。が、ふだんから大店に小遣いをもらっている者たちは、自分の受け持ち場の消火よりも飼い主のところへ真っ先に馳《は》せ参《さん》じるものだ。

男の意気地よりも、目先の小銭に左右される意地汚い連中である。

「……この者たちが、なにか？」

宗右衛門の端正な顔には、毛ほども動揺が見えなかった。

「おや、とぼけるのかい？　あんたに金を渡されて、弾七郎という老人を襲った破落戸どもじゃねえかよ。弾七郎は、あんたがご執心のお葉の連れ添いだ。知ってるはずだな？」

「さあて……なにしろ、町の破落戸のやること、申すこと、ですからね。誓ってもよろしいが、あたしは弾七郎などという人は、見たことがありません。お葉さんがほしいのであって、今の連れ添いの方には、なんの興味もありませんからね。しかし、もしあたしがやらせたとお疑いであれば、お奉行《ぶぎょう》様に届け出て、しっかり詮議《せんぎ》していただけばよいのではないでしょうか」

宗右衛門は、すらすらと口上を述べた。

涼しげな顔を崩さず、薄ら笑いさえ浮かべている。商いの表も裏も味わい尽くし、金銭で人を操る快感を知っている者の笑みであった。

お上に届け出たところで、もみ潰す自信があるのだ。

こんなときのために、金で手なずけた同心や、さらに上の役人も抱え込んでいるのであろう。もしかしたら、もっと大きな後ろ盾が控えているのかも知れない。

だが、そんなことはどうでもよかった。

「弾さん、出番だぜ」

「おうよぉぉぉぉっ」

奇矯な張り声で応え、弾七郎の登場となった。

腫れ上がった顔をごまかすためか、べっとりと白塗りにして、きっちりと隈取《くまど》りまで描いていた。酉《とり》の市の熊手のように髪が四方に伸びた大百日《おおびゃくにち》。天鵞絨《びろーど》の着物に金襴《きんらん》どてらを矮軀にはおって、腰には朱鞘《しゅざや》の刀まで差していた。

——なんだ、この癲狂者《てんきようもの》は！

宗右衛門の顔に、そう大きく書いてある。まともに相手をする気にはなれない、と呆《あき》れ果《は》てているようであった。

むろん、弾七郎は大真面目である。派手な出で立ちで客の眼を惹《ひ》くように、とっ、とっ、とっ、と六方を踏んで前に出ると、長い顎をしゃくって啖呵を放った。

「おうおう、このトンチキ没義道《もぎどう》が！　人の恋女房を盗もうたあ、ふてえ野郎だ！

「この弾七郎さまが、おうっ、こらしめてやらぁぁあっ」

見得を切るや、抜く手もみせずに腰の刀を一閃《いっせん》させた。

竹光のはずである。

だが、
ぽとり……。

宗右衛門の髷《まげ》が落ちた。

竹光に仕込んだかみそりで見事に斬り落としたのだ。

「あっ」

宗右衛門は、ざんばらになった頭を抱えた。

それだけでは終わらず、弾七郎は刀を鞘に戻すと、紀伊屋主人の頭を髪ごと摑《つか》んで土間に勢いよく転がし、

「どっ、どっ、どうでえ！　あっ、おぼえたかぁぁぁ！」

と大見得《おおみえ》を切って威張った。

手代や小僧も止めようとしたが、弾七郎の動きは小猿のごとく敏捷《びんしょう》で、しかも雄太郎の眼力に射竦められて動けなかった。

「な……なにを……」

乱暴狼藉《らんぼうろうぜき》に腰が抜けたのか、宗右衛門は立ち上がろうとしなかった。着物についた土を払うこともせず、きっ、と獣のように一変した顔を上げる。

「こ、こんな無法をして……あなた、ただですむと思ってるんですか？　ええ？　お上に訴えさせてもらいますよ！」

「へっ、好きにしな」

弾七郎はせせら笑うと、出番がすんだとばかりに引っ込んだ。

その代わり、瑞鶴堂の藤次郎が歩み出た。

「さて、紀伊屋さんも、ずいぶんあこぎなことをしてくれましたな」

「え……な、なにを……」

藤次郎は、冷ややかな眼で、土間に座り込んだ宗右衛門を見下ろした。

「こちらの吉沢さまから、すべてお聞きしましたよ。あなたは、お金に困っている若いお武家さまに草双紙を書かせて、うちの商売を邪魔してくださったそうではありませんか」

瑞鶴堂は瑞鶴堂で、静かに激怒していたらしい。言葉は丁寧だが、地顔が険しいだけに、素人とは思えないほどの迫力があった。

宗右衛門こそが、お葉を手に入れるための周到な下ごしらえとして、お葉の作風に似せた草双紙を作って大量に売りさばき、お葉と瑞鶴堂を窮地に追いやった張本人であったのだ。

その筆者は、御家人の三男坊であった。学問が大好きで、私塾にも熱心に通っていたが、部屋住みの身では本一冊を買うにも借銭をしなくてはならない。紀伊屋の手代が戯作代として提示した金額に抵抗できるはずもなかった。

だが、若者も、お葉の熱烈な読者のひとりであった。お葉の新作が出なくなったことで、自分が書いた拙《つたな》い戯作のせいではないかと悩み、もしかしたら悪事に手を貸してしまったのかと不安に苛《さいな》まれ、同心の息子である武造に相談を持ちかけたらしい。

そして、忠吉は、昨日のうちに、その若者を武造から紹介してもらい、すべての事情を聞き出していたのだ。

「う……」

藤次郎に糾弾されて、宗右衛門は涙目になり、薄い唇をわななかせていた。

頭の切れる商人だ。弾七郎の狼藉がなければ、とっさに言い訳をみつくろって、しゃらりと切り抜けていたかもしれない。

だが、頭をざんばらにされ、情けなく地べたに転がされては、格好をつけることもできない。暴力への恐怖で、まだ身体を硬直させていた。

とどめとして、

「えー、あたしは吉二《きちじ》と申す者で、日本橋のむこうの本石町《ほんごくちょう》でささやかに金貸しなどをいたしております、ええ……」

忠吉の左に控えていた小男が、つつつ、と前に出た。

「まあ、なんと申しますか、このたび瑞鶴堂さまに金をお貸しさせていただくことになりまして、ええ……そんなわけですので、紀伊屋さまにおかれましても、まあ、何《なに》卒《とぞ》ご了見のほどを……はい」

「そ、そんな……いや、しかし……」

なにもかも凡庸すぎて、それまでまったく存在を忘れ去っていた小男に引導を渡され、宗右衛門は絶句するしかなかった。外見だけで相手を推し量るという商人としては致命的な失敗をしてしまったのだ。

ひとまず、これで勝負はついたのであろう。

忠吉は締めくくることにした。

「よく聞きな、宗右衛門さんよ。こちらからは、お上に訴える気はない。ただし、草双紙のほうは、すっぱり手を引いてもらう。お葉さんのこともだ。そっちはそっちで、なにか不満があれば、お上に訴えるなりなんなりすればいいさ。いつでもわしらが相手をしてやろう」

宗右衛門は訴えるであろうか？

訴えやしねえ、と忠吉は見切っていた。

(お利口な頭で、せいぜい算盤《そろばん》を弾《はじ》きな。馬鹿は怖えぜ、馬鹿はよ。先の見えたじじいだったら、なおさらだ。しかも、こちとら三匹もそろってんだ)

塵《ちり》ほどの悪評も出していないということは、店のことばかりでなく、自分の体面をなによりも重んじているということである。

さぞや守るべきものが多いことであろう。

「さあ、これで話はしまいだ」

邪魔したな、と言い捨てて、忠吉たちは立ち去った。

五

「では、あたしはこれで」

吉二と名乗った金貸しは、慇懃に頭を下げた。

町鳶どもは解き放ち、瑞鶴堂の藤次郎も新しい金主を確保したことで上機嫌に自分の見世《みせ》へと戻っていった。

「忠吉、こちらの御仁は？」

雄太郎が訊いた。

「こちらのご隠居とは、ちと浅からぬ縁がございまして……」

「ふん、せがれじゃ。次男の吉二よ」

と忠吉は厭な顔をした。

「はい、こちらのご隠居は、あたしの父なのでございます」

吉二は愉快そうに眼を細める。

「兄の吉嗣は立派な同心になりましたが、恥ずかしながら、昔のあたしはろくでなしの愚弟でございまして、家の金を盗んで勘当され、商家に奉公して、なんとか独り立ちできるようになりました。父は、どうして金貸しになんぞなりやがったか、と怒っておりましたが……昨日、ひさしぶりに顔をお見せになられたかと思うと、このあたしに金を貸せと……そりゃ、びっくりいたしました。同心のころから頑固者で、袖《そで》の下《した》を卑しいと嫌い、気に入らない上役にも噛《か》みつくほどの人が、ご友人のために頭を下げてきたのですから……」

「うるせえな。おい、もう帰れよ」

忠吉は、犬を追い払うように手をふった。

「ええ、わかりましたよ。隠居されてから、ずいぶん口が悪うおなりですね」

「だから、うるせえよ」

「はいはい」

吉二は、やわらかな微笑みを残して、三匹の老人と別れた。

「……ふたりとも、ずいぶん世話になっちまったなぁ」

弾七郎が、照れ臭そうに礼を述べた。

「相身互い」

「そういうことさ」

雄太郎と忠吉も、照れ臭そうに応《こた》える。

「おっと、いけねぇ！」

弾七郎は、これから舞台だと言い残して、まさしく弾のように駆け去った。

本当に舞台があるのかどうかはわからないが、はにかみ屋の老役者にとっては、照れ臭さの限界に達してしまったのであろう。

雄太郎と忠吉は、肩を並べて歩くことになった。

「……わからんことが、まだひとつ残っておるな」

雄太郎が太い首をかしげた。

「なぜお葉殿なんだ？　いや、たしかに今でも佳《よ》い女だとは思うが、それにしても、宗右衛門のやり口は、ずいぶん手が込みすぎていたようだが……」

忠吉は答えた。

「さんざん苦労して、ようやく身上を立て直したんだ。金も蔵に唸るほどある。このへんで、昔ちょいとほしかった玩具《おもちゃ》を手に入れようかって気まぐれを起こしただけだろう。この歳になるとな、そんな気にもなるもんさ」

「ふん、そんなもんかね」

「まあ、そんなものさね」

武芸一筋の雄太郎は、まだ釈然としていないようであった。

六

ざざっと雨粒が落ちて、さっと夕立がやんだ。

しばらくして、しとしとと長く降りつづきそうな雨に変わっていた。

「ねえ、弾ちゃん……」

「ん……」

古町長屋での、弾七郎の部屋であった。

なにもかも始末がついたというのに、お葉はまだ居残っているのだ。

「長屋暮らしもいいけどさ、そろそろ〈酔七〉に帰っておいでよ」

「……まあ、そうだなあ」

弾七郎は、生返事を返した。痩せた背中を丸め、墨と紙の匂《にお》いを吸い込むように顔を近づけて絵双紙を読《よ》み耽《ふけ》っている。

歳相応に眼が悪くなっているのだ。

外は雨で、部屋の中は薄暗い。

かといって、行灯をつけるほどではなかった。

「そのうち、な」

「そのうちって？　いつさ？」

お葉も、自堕落に寝そべって、適当な本を読んでいる。長屋にいるあいだ、ずっとこうして過ごしていたらしい。

ひとりでも退屈はしなかったはずだ。

部屋の半ばを埋めているのは、高々と積み上げられた紙束の山脈だ。仏籍、漢籍、赤本《あかほん》、黒本《くろほん》、青本《あおほん》、黄表紙など、本の形をしていれば大好物の老役者が節操なく蒐集してきたものであった。

「まあ、ちょいちょいのうちさ。なんせ、ちょいと友垣と三匹の長屋暮らしが楽しくなってきたところでな」

もう少しだけ家出小僧の気分を味わっていたいのだ。

「弾ちゃん、口が悪いんだからさ。三人でしょ？」

「ちがわい。おう、いいかぁ？　戦国の世からな、男といえば武士だけなのさ。お役御免の隠居なんざぁ……とくに、町人風情は人のうちじゃねえんだよ。でもよぉ、だからこそ、気楽なんじゃねえか」

「んじゃ、三匹ね」

「へっ、三匹の隠居さ。笑えるよな」

くくっ、と弾七郎は嗄《か》れた喉を鳴らした。

（そういや、あいつら遅えなぁ……）

雄太郎と忠吉は、先にどこかで呑みはじめているのか、それとも弾七郎に余計な気を利かせているのか、まだ戻ってくる気配すらなかった。

「おめえこそ、もう帰んなよ。洋太の奴が心配してるじゃねえかよ」

「洋ちゃんは、だいじょうぶさ。もう一人前なんだから。それに……雨なんだもん。今夜くらいはさ」

四十半ばの女が、小娘のような口ぶりだ。

「お、お葉……」

「なんだい？」

「お葉ぅ……」

「あいよ、おまえさん」

「う……」

弾七郎は言葉のつづきに詰まってしまった。

金がないから、大切にすることもできなかった。意気地がないから、すがりつくこともできなかった。ひねくれ具合と、生れながらの照れ性が災いし、優しい言葉をかけてやることすらできなかった。

お葉に甘えていた。

だからこそ、失うことが怖くてたまらなかった。

くくっ、とお葉が可愛らしく喉を鳴らした。

「あちきはね、女でも戯作を書いて、好きなように生きていくことを許してくれる弾ちゃんだからこそ、ずっと、ずぅっと、惚れてるんだよぉ」

「けっ……そんなこたぁ、承知の介とくらぁ」

弾七郎は、照れて耳まで赤くなった。

「弾七郎殿、お爺《じい》はいませんか！」

じめついた天気にふさわしくない、からりとした声が飛び込んできた。

「おう、朔《さく》坊か。いやあ、まだ帰ってねえよ」

ふり返ると、若衆《わかしゅ》姿の朔が戸口に立っている。雨の中を駆けてきたのか、滴が垂れるほどずぶ濡《ぬ》れになっていた。

「で、どうしたえ？」

「いえ、また面白そ……ではなく、面倒なことにお爺が首を突っ込んでいると武造から聞いたので、私も助太刀《すけだち》に馳せ参じたのですが」

「そりゃあ、すまねえな。でも、もう片付いちまったぜ」

「なんと……！」

よほど楽しみにしていたのか、がっくりと眼に見えて落胆している風情が、弾七郎には妙に可笑《おか》しかった。

「あら……あら……」

お葉が浮ついた声を漏らした。

「あなた、お名前は？」

「は？　私は朔と申しますが」

「さくちゃん？　八朔《はっさく》の朔？　まあ、いいお名前ね。ささ、お入りになって。濡れた着物も拭《ふ》いてちょうだい。おばちゃんと少しお話しましょう」

「あ、はあ……」

お葉は、朔をひと目で気に入ってしまったらしい。

「お葉ょぅ……」

弾七郎は、情けない顔をした。

長年の連れ添いだけあって、お葉の考えが手にとるようにわかる。男装の女剣士が活躍する戯作の構想でも思い浮かんだのであろう。眼を輝かせ、声を弾ませ、生娘をくどく色悪のような顔になっていた。

しかし、この出会いがきっかけになって、創作の不調から脱出できたのであれば、これも粋な縁というものなのかもしれなかった。

濡《ぬ》れ鼠《ねずみ》の朔が上がってきた。

蒸し暑さが増し、女たちの匂いも濃くなっていく。

この雨が上がれば——いよいよ夏の本番であった。

第四話　青き稲穂

一

ある日のことである。

「武造《たけぞう》、どこへ遊びにいきたい？」

四つ歳の離れた姉上にそう訊《き》かれ、

「浅草寺《せんそうじ》」

と武造は答えてしまった。

浅草寺は、江戸の行楽地として、もっとも賑《にぎ》わっているという。だからといって、思い入れがあるわけではないが、北のほうが涼しいのではなかろうか、と浅はかに思ってしまっただけであった。

吉沢《よしざわ》武造。

武家の子として、ふさわしい名ではある。

元服で前髪は落としているものの、武芸よりも学問を好む性質《たち》で、腰に差した刀の重みすらわずらわしく思っていた。

剣術道場にも通わず、刀身をふりまわせば、自分の足を斬《き》りかねない体たらくである。名前負けと揶揄《やゆ》されてもしかたがなかった。

見た目を裏切る名が、男子の克己心にひずみを与え、諦念《ていねん》を絡めた屈託を育んでいる。それについては、吉沢家の者は誰一人として気づかず、武造もみずから喧伝《けんでん》する意義などは認めていなかった。

歩く石仏。

若隠居。

能面男。

すべて武造のあだ名である。

激昂《げきこう》することがない。気合いを入れることもない。できるだけ心気を乱さず、面倒なことを避けて生きてきた。

そのほうが楽なのだ。

正直なところ、学問に耽溺《たんでき》しているわけではない。学ばなければならないことだ。だから、やっている。苦手ではなく、他にすることもないからやっている。それだけのことであった。

行く末についても同じこと。

父が隠居すれば、町奉行所《まちぶぎようしょ》のお役目を継ぐことになるのであろう。上役の与力と同じく、同心も一代限りの抱席《かかえせき》ではあったが、実情はほとんど世襲に近い。与力も同心も、罪人を扱う不浄役人であり、どれほど手柄をたてたところで出世することはなかったからである。

とはいえ、必ずしも継がなくてはならないというわけではなかった。

ならば、どうしたいのか？

なりたいものがあるのか？

好きとか嫌いとか、武造にはよくわからない。武士は感情を表に出してはならない、と父に厳しく教えられてきた。そうでなくても、心の揺れを厭《いと》う性質であり、武芸者気取りの姉が野の獣のように思えることさえあった。

だから、

（もし恋とやらに落ちるとすれば、私は姉上のような男勝りではなく、たおやかな女

性にあこがれるだろう）
と、そんな予感がしていた。

二

「……では、これでヨシとしましょうか」

地本問屋《じほんどいや》〈瑞鶴堂《ずいかくどう》〉の主人、藤次郎《とうじろう》は、いつもの厳めしい顔でうなずくと、床にひろげていた数枚の板下絵を丁寧な手つきでしまいはじめた。

「ど、どうも……」

忠吉《ただきち》は、詰めていた息を吐き出した。

そのとたん、どっと背中に熱い汗が噴き出る。この猛暑日に、汗の滴を垂らさないほどに気を張りつめさせていたのだ。

お葉《よう》が、にっかりと笑った。

「へえ、よござんしたね。目利きの藤次郎さんが認めてくださったんなら、忠吉さんに挿し絵をお頼みしたあちきの面目も立ったというものさぁ。まあ、あちきははなから不安には思っちゃいませんでしたけどね」

この売れっ子戯作者《げさくしゃ》は、まだ昼だというのにお気楽な浴衣《ゆかた》姿で、しなやかな指先に団扇《うちわ》を絡めていた。ゆるやかに扇《あお》ぎ、化粧気のない狐顔《きつねがお》に風を送っている。軒下の風鈴が、ちりりん、ちりりん、と涼しげに鳴った。

藤次郎も、にこりともしないで保証した。

「ええ、忠吉さんの絵は、うちでも何点かお預かりしておりますが、とてもよい味わいがございますよ。大衆のひろい好みに合うかというと、それはそれでべつの話にはなりますが、こたびの新作には、ぴたりと合っているようでございます」

「そ、そりゃ……いや……どうも……」

ふたりの玄人に褒められて、忠吉は恐縮しきりであった。

強盗一味のねぐらに先陣を切って踏み込んだときでさえ、これほど心身ともに疲弊したことはなかった。

お葉は、夫の弾七郎《だんしちろう》らの活躍によって心の不安を解きほぐされると、あの不調が嘘《うそ》であったかのように一気呵成《いっきかせい》で新作を書き上げてしまった。

そして、さて絵師を誰にするか……となったとき、なにを思ったのか素人の忠吉が指名されたのである。

弾七郎の恋女房からの依頼とあっては、むげに断るわけにもいかなかった。悪いことに、自分の絵にいささか自信がつき、刷り物にも挑んでみたいという欲が盛り上がってきた矢先でもあった。

これが大間違いの元であった。

勢いで下絵までは描《か》けても、いざ検分してもらう段になると、熱い汗は冷や汗となり、やがて脂汗へと変化して老いた痩身《そうしん》をまみれさせていく。玄人の絵師は、これが日常なのだ。隠居の手遊びで務まるはずもないことであった。

脂汗の理由は、それだけではなかった。

お葉の新作は、若衆同士《わかしゅ》の恋を書いた心中物なのである。

それればかりか、

（お葉殿、よほどわしの孫を気に入ったらしいわい。戯作に登場する若衆のひとりを朔《さく》めの顔に似せたいとは……！）

お葉は、元同心の忠吉が戦慄《せんりつ》を覚えるほどの執念を湛《たた》えた眼《め》で、この奇異な趣向を滔々《とうとう》と数刻にも及んで語ったのであった。

その趣向とは、美形の若衆ふたりが、心と身体《からだ》を許し合った男女のごとく半裸で絡んでいるというものであった。

忠吉には、その情念の源が理解できなかった。が、これを断るとあれば、〈瑞鶴堂〉で二度と忠吉の絵が仕入れられることはないであろう。

こうなれば、孫娘を騙《だま》すしかなかった。小遣いを餌《えさ》に朔を長屋へ呼び寄せると、その意図を伝えずに戯作《げさく》の一場面を再現させた姿態をとらせ、慌ただしく写生を終えるしかなかった。

ゆえに、

（なにがあろうとも、これは朔めに見せられぬ）

墓場まで持っていくべき秘事である、と悲愴《ひそう》な覚悟を決めていた。

とはいえ、草双紙が世間に出まわれば、すぐに露見することではあったが……。

「では、ごゆっくりしていってくださいね」

藤次郎は、板下絵を大事そうに抱え込み、ほくほくと座敷から立ち去った。これから出板許可をもらって、彫師に渡して主板を作るのである。

忠吉も、すぐに帰るつもりであったが、

「ところで、忠吉さん」

お葉に声をかけられ、忠吉は浮かしかけた尻を畳に降ろした。

「わしに、なにか？」

「小春《こはる》さんと、よりを戻す気はありませんの？」

「ぐっ……」

忠吉は息が詰まるほど驚いた。

小春――。

その名を聞いただけで、年輪のシワが刻まれた頰《ほお》は熱を帯びる。自然の月代《さかやき》が艶《つや》を増す。心の臓が勝手に暴れ、肉の落ちた胸が苦しくなった。

「あれ、まだお話ししていませんでした？」

お葉は小娘のようにころころと笑った。

「あちきの実家が商いをやっていることはご存知かと思いますけど、小春さんのご奉公先とも古くから懇意にさせていただいていましてね、まだ小さなころ、それはそれは可愛《かわい》がっていただいたの」

「そ、そりゃあ……」

初耳である。

（まさか、お葉殿が離縁した元妻と顔見知りだとは……）

お江戸も思ったより狭いということになる。

「ぐ、ぐぅ……あ……あぅ……」

忠吉の口から、言葉が出てくれなかった。

上手《うま》く息が吸えない。吐くことも叶《かな》わない。

さすがにお葉も心配になったらしい。

「忠吉さん、だいじょうぶ？　まさか、そんなに驚かれるなんて……ああ、べつのお話をしましょう。じつは、もうひとつお耳に入れておきたいことが……あっ、でも、これも……」

「い、いや！」

忠吉は、咳込《せきこ》むように懇願した。

「そっちのお話を！　ぜひとも！」

このまま小春の話がつづくとなれば、まだまだ働いてもらわなければならない心臓が止まってしまいそうであった。

「そうですか？　へえ、わかりましたよぅ。ええと、うちの弾ちゃんが芝居町《しばいまち》で見かけたんですけどね――」

だが、その話でさえも、忠吉を驚倒させるには充分であった。

三

青々と空は晴れ渡っていた。

夏である。

歩いているだけで、頭の芯《しん》が溶けそうになる。

武造の苦手な季節であった。

それなのに、八丁堀の同心屋敷を出てから、両国広小路《りょうごくひろこうじ》までの二十町（約二キロ）ほどを歩き、さらに浅草御門を抜け、神田川を渡った先の蔵前通《くらまえどお》りを十八町も踏破しなければならなかった。

「武造、見るがよい！」

――おお、あれが天王寺《てんのうじ》！

――おや、ここが八幡宮《はちまんぐう》か。

――ほう、あそこが昔は浅草寺の総門であったという駒形堂《こまがたどう》なのだな。

姉は大はしゃぎであった。

まるで江戸見物にきた田舎の若者だ。

わざわざ買ってきたのか、このごろ江戸にきた旅人を目当てに売り出された〈江戸見物四日めぐり〉まで手にひろげている。宿がある馬喰町《ばくろちょう》を拠点として、東西南北をそれぞれ一日でめぐり、四日間で江戸の名所を歩き尽くすという一枚物の絵入り案内書であった。

江戸生れだからといって、江戸の隅々まで知り尽くしているわけではない。無届けの宿泊が許されない武家であればなおさらだ。

武造にしても、屋敷と私塾のあいだを往復するだけの毎日だ。行楽のために遠出することはなく、眼に映る景色はそれなりに新鮮であった。

しかし、武造は姉の早足に遅れまいとついていくだけで、とてものことではないが、風景を楽しむ余裕を与えられなかった。

姉は道場で鍛えているだけに、女だてらの健脚である。若衆姿の袴《はかま》ばきだから、どこまでも大股《おおまた》ですたすたと歩いていく。

だから、ようやく雷門《かみなりもん》が見えたとき、武造は安堵《あんど》の吐息を漏らした。

青々とした月代に噴いた汗が、筋をひいて顔を濡《ぬ》らしている。身体も汗まみれで着物を重く湿らせていた。地面からゆらゆらと立ち昇って、じっとりと肌にまとわりつく湿気が不快である。

風神雷神の大門をくぐって、姉弟は境内に入った。

まず人出に圧倒される。

両脇《りょうわき》に仲見世《なかみせ》がずらりと並び、武家も町人も商人も芸人も、境内のひろびろとした参道で入り交じっている。人いきれが苦手な武造はげんなりしたが、姉は雑踏好きの女であった。

「なんと、聞きしに勝る大賑わいだな」

姉の声は楽しげに弾んでいた。

喉《のど》が渇いたので、茶屋で休息をとることにした。

「さあ、武造よ、食べたいものがあれば遠慮するでないぞ。お爺が描く絵の手伝いをして、小遣いをたっぷりいただいたのだ」

姉は、頼もしげにたもとの巾着袋《きんちゃくぶくろ》を叩《たた》いた。

この気まぐれな姉は、たまには弟の世話をしなくてはならないという衝動に駆られるらしく、まとまった小遣いが懐に入ったときには、武造の意思にかかわらず強引に連れまわす癖があるのだ。

大いに迷惑であった。

こんな陽気に出歩いても、よいことがあるとは思えない。できることなら、ひとりで静かに書でも読んでいたかった。

弟の切実なる願いに気づくこともなく、姉は真剣な顔で〈江戸見物四日めぐり〉をにらみつけていたかと思うと、

「うむ、本堂のむこうは〈奥山《おくやま》〉といって、楊弓場《ようきゅうば》や見世物小屋があるらしいな。面白そうではないか。武造、いってみよう」

と眼《め》を輝かせて床几《しょうぎ》から立ち上がった。

できればもう少し休んでいたかったが、しかたなく武造はお茶を飲み干して、姉についていくしかなかった。

そして、これも暑さのせいであろうか——。

隣の水茶屋に、母と祖父がいたことに、姉弟《きょうだい》たちは気づかなかった。

「由利《ゆり》様、もうきているかしら……」

お兼《かね》は、参道を白く染める陽光に眼を細めた。

歳《とし》は三十五になったはずだ。

目元はキツく、唇が薄く、頬の肉も薄かった。化粧はやや濃いものの、上品な顔立ちと背筋の伸びた姿勢に隙《すき》はなく、三つほどは若やいで見えなくもない。まだ朽ちるには気がはやい、という風情も感じられる。

忠吉は、そんなお兼の様子を物陰から見張っていた。日除《ひよ》けの手ぬぐいを頭にかぶり、天秤棒《てんびんぼう》を担いだ棒手振《ぼてふ》りに扮《ふん》していた。

（よもや、息子の嫁御を見張るはめになろうとはな）

お兼の実家は、家康《いえやす》公に付き従って三河《みかわ》から移り住んだ譜代家臣の裔《すえ》である。当主がお役目でしくじりをして、三十俵二人扶持の小普請組《こぶしんぐみ》へと落とされ、そのまま二代を経たという。

忠吉は、上役の世話によって、息子の嫁に迎えることになったが、お兼は譜代家臣の裔を高い鼻にかけるようなところがあり、同心という不浄役人の家に嫁いだことにもわだかまりを持っていたようであった。

だが、性根の悪い女ではないのだ。

同心の微禄《びろく》では下女を雇う余裕もない。義父と夫と娘と息子の世話をひとりでこなさなくてはならなかった。屋敷内のことを支えるために積み重ねた労苦は、想像するにあまりあるほどであろう。

生真面目だが、どこか要領の悪い夫は、上司や同心仲間から仕事を押しつけられて帰りが遅くなる日も多かった。子供たちも手間がかからなくなり、義父は隠居して屋敷を出ていった。

世話を焼く相手が減ったことで、お兼は暇を持て余すようになった。そこで、たまには芝居でも、と外を出歩くようになったのであろう。

そこで、心のタガが外れてしまったのかもしれない。

戯作者のお葉から、

『お兼さんね、由利乃介《ゆりのすけ》って役者に入れ込んでるらしくて、芝居町で逢引《あいびき》していると
ころを弾ちゃんが見たっていうの』

と聞かされて、忠吉は腰を抜かしかけたのだ。

不義密通は重ねて四つ。昔から、そういうことになっている。夫が現場を見つけた
ときには、姦夫《かんぷ》と姦婦《かんぷ》を上下に重ねて両断したところでお咎《とが》めを受けることはなかっ
た。

実際に殺すことは少ないにしても、間男が七両か八両の示談金を払うはめになり、
女は離縁ということになるであろう。

どちらにしろ、露見すれば家の恥だ。

よって、忠吉は朝から同心屋敷に張り付き、お兼がめかしこんで出かけていくと、
こっそりあとをつけることにしたのである。

(由利乃介とやらは、評判の悪い色悪専門の野良役者らしいが……)

浅草寺のどこかで逢引することになっているのだろうが、忠吉としては、密通まで
いっていないことを祈るしかなかった。

ある警世家が曰く、

『……妻は夫の留守を幸いに、近所の女房同士で寄り集まって、おのが夫を甲斐性なしと陰口をたたき、小博打、芝居見物、遊山などの道楽に耽り……女房は主人のごとく、夫は下人のごとくなり……』

と嘆いた通りの世の中なのである。

そして、まだ忠吉も気づいていないことがあった。

強い陽光に怯むことなく、きっちりと袴まで身につけた武士が、深編《ふかあ》み笠《がさ》をかぶって元同心の老人を見張っていたのだ。

武造は、大股でずんずん歩く姉についていく。

仁王門を抜け、五重の塔を眼の端で楽しんだ。

本尊の観音像をおさめた本堂を中心に、薬師、弁天、稲荷、八幡、地蔵、阿弥陀など、百を超える神仏が祀られているから、たいていの願い事は浅草寺にさえ参ずれば事足りてしまう。

壮麗な本堂を左からまわり込んで奥山へ踏み込むと、おびただしい数の見世物小屋が木々のあいだでひしめいていた。

曲独楽《きょくごま》に曲馬《きょくば》といった芸人たちの見世物、小屋掛け芝居、茶屋や楊枝屋《ようじや》など、仲見世よりも賑々《にぎにぎ》しいかもしれない。

「おお……！」

姉の眼が輝きを増していく。

ところが――。

「いやっ」

穏やかならぬ悲鳴が耳に飛び込んできた。

姉弟はふり返った。

見世物小屋の裏で、男が小娘を殴ったらしい。

「姉上」

「うむ」

姉は、すでに駆け出していた。

「やめろ！」

ふたたび小娘を殴ろうとした男の手を摑《つか》むと、どこをどうやったのか、女剣士は反対側に男の腕をねじり上げた。

「い、いでぇっ……てめ、なんのつもりだ！」

「聞こえなかったか？　私は、やめろと言ったんだ。大の男がかよわい娘さんを殴ってどうするつもりだ？」

「知ったことかサンピンが！」

ありきたりの悪態を受け、女剣士の眼に怒りが灯《とも》った。

男の尻《しり》を蹴《け》り飛《と》ばして、荒っぽく地面に転がした。

「て、てめ、ちくしょう、こんちくしょう、てめ、くそくらえ……お、おうっ、てめえの子を親が殴ってなにが悪いってんだ！」

男は開き直った。

よく見れば、芝居小屋から抜け出てきたような色男であった。顔立ちは嫌味なほど整い、髷《まげ》の形も粋《いき》で、着流し姿も垢抜《あかぬ》けている。若く見せているが、歳は四十を超えているだろう。

だが、その眼は荒《すさ》んだ色を凝縮させている。

女剣士は嘲笑《あざわら》った。

「自分の子？　ならば、なおさらではないか。いくら親とはいえ、かよわい者を殴る下衆《げす》に私は容赦せんぞ」

「……くっ」

しょせん、弱い者にしか嚙《か》みつけない野良犬だ。

威勢はよくても、腕に自信はないのであろう。

女剣士に威圧されて、捨《す》て台詞《ぜりふ》も残さず色男は逃げ去った。

「だいじょうぶかね？」

「あ、ありがとうございます」

娘は殴られた頰を押えながら、朔に礼を述べた。

武造は、思わず息を吞んだ。

歳は武造よりも一つか二つばかり上であろう。

哀れなほど瘦《や》せていて、胸は朔より薄く、尻の形も小ぶりである。逃げた色男と面差しは似ている。が、黒く濡《ぬ》れた瞳《ひとみ》は、清らかな憂いを含み、薄い唇は可憐《かれん》に整っていた。

町娘の風体だが、〈明和《めいわ》三美人〉ともてはやされた柳屋《やなぎや》お藤《ふじ》や蔦屋《つたや》およしのように、どこかの看板娘であってもおかしくないほどであった。

「あれが父親というのは本当か？」

「はい……」

娘は、申し訳なさそうに目を伏せる。

「事情はよく知らぬが、よけいなお世話であったかな？」

「いえ……そんな……」

「ん、ならばよいさ」

朔は朗らかに笑ってみせた。

「は、はい……」

娘は頬を染め、凛々《りり》しい女剣士を潤んだ瞳で見つめた。

武造は武造で、娘の美しさに見蕩《みと》れていた。顔中が風呂《ふろ》でのぼせたように熱く、胸の奥が暴れ馬のように跳ねまわっている。

どうやら――。

これが、武造の初恋というものであったらしかった。

四

「いけねえ……こりゃ、いけねえ……」

忠吉は、盛大なしくじりに頬をひきつらせた。

お兼の姿を見失ってしまったのだ。

たしかに人出が多かったが、それは言い訳にもならない。お兼は素人で、元同心とはいえ、こちらは追跡の玄人なのだ。

水茶屋をあとにしたお兼は、仁王門を抜けて本堂の前を右に曲がり、三社権現を左手に見ながら歩いていった。

早足ではない。

あちらを珍しげに覗《のぞ》き込んだかと思えば、こちらを見上げて感嘆するといった具合で、追いかけるのが難しいというほどでもなかった。

しかし、そのまま随身門《ずいじんもん》から浅草寺を出ていくのかと思ったところ、その手前で左に折れた。これは境内の町屋である北馬道町《きたうまみちまち》を通り抜けるつもりだと見極めてから、忠吉の勘が狂いはじめた。

浅草寺の東北にある名所といえば、待乳山《まっちやま》である。隅田川沿いにある小高い丘で、見晴らしもよく、歓喜天《かんぎてん》を本尊とする聖天宮《しょうてんぐう》があった。

逢引には絶好の場所である。

忠吉は随身門を出て、先まわりをしようと決めた。雑踏の中で蒸されるよりも、風通しのよい丘で休みながら待つほうが楽である。

一方で、忠吉のあとをつけていた深編み笠の武士は、随身門をくぐらずに北馬道町へ足をむけていた。

果たして――。

お兼は待乳山にやってこなかった。忠吉は大慌てで浅草寺に舞い戻った。

暑気にあたって、耄碌《もうろく》したとしか思えない。空笊を肩から提げ、天秤棒を杖のようにつき、汗まみれになって嫁御の姿を捜しまわった。

（どこだ？　どこにいった？）

逢引の場所が、それほど遠いはずもなかった。

必ず浅草寺のどこかにいる。見世物小屋がひしめく奥山を幾度となく往復し、老人の足元はよろけ、人いきれに咳込み、眼がまわって倒れてしまいそうであった。

「よう、忠吉《ただき》っつぁん！」

友垣の声に顔を上げた。

この人混みの中で、どうやって忠吉を見極めたのか、弾七郎が顔中をくしゃくしゃにして笑っていた。

お兼は、熊野《くまの》権現《ごんげん》の裏手で逢引の約束をしていた。

熊野権現の社は、奥山の北西である。西方には大小の寺が並び、北の道へ抜けると清涼な水を湛えた田圃《たんぼ》がひろがっていた。

風が吹き抜けると、青々とした稲が波のようにさわさわと揺れた。

それだけで、お兼の胸は華やかにざわめいてしまう。

吉沢家に嫁してから、同心屋敷の九十坪が生活のすべてであった。家を守らなければならず、夫の世話をしなくてはならず、子を育てなければならなかった。気軽に外を出歩くことなど考える余裕もなかった。

いっそ、このままどこかへ旅立ってしまいたいほど、軽やかにこの身を解き放たれたような心持ちであった。

人目を避ける背徳が、かえって気分を盛り上げている。

「お兼様、よくきてくださいました」

由利乃介は、涼やかな眼に涙を潤ませて、お兼の手を柔らかく握りしめた。

「あ、あれ……そんなことは……」

お兼の頰が小娘のように熱くなった。

足元がふわふわして、天にも昇る心地である。二児をもうけた夫にさえ、これほど情熱に満ちた感謝をされたことはなかったのだ。

「ですが、本当によろしいので？　あたしのような卑しい役者風情が、武家の御新造様に……恐れ多くて、もったいなくて……」

由利乃介は、滴るほどに憂いを含んだ顔で、お兼をじっと見つめた。

この春先のことだ。

芝居町からの帰りに、お兼が鼻緒を切って困っていたところ、親切にも助けてくれた通りがかりの役者が由利乃介であった。

彼の舞台を見たことはなかったが、その優雅な所作といい、艶のある表情といい、本物の役者であることは間違いなかった。

ひいきの役者にも似ていて、お兼の胸が甘やかに高鳴った。

由利乃介は鼻緒を器用になおすと、そのまま粋に立ち去ってしまったが、お兼はどうしてもお礼をしたいと思い、それから芝居町へいくたび、眼で由利乃介の姿を捜していた。

縁があったのか、何度か由利乃介を見かけ、そのたびに由利乃介のほうからお兼に気づいてくれた。華やかな笑顔で挨拶《あいさつ》してくれた。お兼は茶屋に誘い、由利乃介は遠慮がちではあったが、そのたびに応じてくれた。

役者に知り合いができた。それも、これほどの色男である。

なにがどうなると思ったわけではない。堅苦しい生活から解放されて、束の間の夢にたゆたっていたかったただけであった。

ところが——。

つい五日ほど前のことである。

いつものように芝居町へ足をむけたとき、由利乃介が荒んだ風体の町人に脅されているところを見かけてしまった。

その町人が立ち去ると、おそるおそるお兼は声をかけた。由利乃介は、気まずいところを見られてしまったという顔をして、さっきの男は取り立て屋で、自分は借金があるのだと恥ずかしそうに告白したのだ。

「ええ、これも人助けでございます。二十両で足りるのでしょう？　あなたが気に病むことはありません。しょせんは不浄役人の金……人様のお役に立てれば、それでよいのです。わたしのことは、どうでもよいのです。夫は、家のことなど頓着《とんじゃく》していません。ええ、たとえ、わたしがいなくなったところで……」

誰か、彼女を惜しんでくれるだろうか？

そんな想《おも》いがお兼の胸を切なくかすめた。

由利乃介の眼が、ちか、と光った気がした。

「ですがね……お兼様が、旦那《だんな》様から責められてしまうのではありませんか？　十両も盗めば首が飛ぶ。いえ、盗んだわけではないにしろ、なにかしらの咎《とが》が及ぶことも……ああ、そうだ。お兼様、いっそのこと、あたしと江戸を出ませんか？」

「え……」

驚きで、お兼の息が詰まった。

美貌《びぼう》の役者に手を引かれ、逃避の旅に出る夢想が弾《はじ》ける。

夫は仕事ばかりで、淡泊な男であった。娘は武家の娘らしくない乱暴者で、息子もなにを考えているのかわからず……。

妻として、母として、女として……。

自分は、誰にも必要とされていないのではないか……。

「わ、わたしは……」

ある激情が、喉の奥から噴き出しかけたときであった。

「あの野郎……」

由利乃介の舌打ちが聞こえた。

「由利様？」

「い、いえ、なんでもありません。えっと……ああ、すみませんが、むこうであたしの知り合いが呼んでるようなので、ちょいと話を聞いてきます」

由利乃介は、うろたえたように熊野権現の社へむかった。

お兼は眼を細めたが、知り合いとやらは楓《かえで》の木陰に隠れていて、その顔を判別することはできなかった。

「ええ……」

額の狭い町人が、苛《いら》立《だ》った様子で唾《つば》を吐いた。

「由利公よ、ずいぶんまだるっこしいじゃねえか。金は持ってきてたんだろ？　なら、このまんまさらっちまえばいい。どうせ人質にするんだからよ」

しきりに肩を揺すりたて、由利乃介をせかしている短軀《たんく》の町人をお兼が見れば、さぞや驚いたことであろう。

芝居町で由利乃介を脅していた取り立て屋の男であったからだ。

「やい、松蔵、よぉく考えてみろ」

由利乃介は、豹変《ひょうへん》して荒っぽく吐き捨てた。

「むりにことを運んで、こんなところで騒がれたら互いに困るだろうがよ。人ひとりを運ぶってのは、女だってたいへんだ。押し込む先までは、てめえの足で歩いてもらわなくちゃ、面倒でしょうがねえ」

松蔵は、悪巧みの相棒なのである。

色男の由利乃介が女を見定め、偶然をよそおって知り合いになる。涼やかな美貌と口舌で充分に気を引いてから、松蔵が取り立て屋に扮して小芝居を打ち、巧《うま》い具合に同情させて金をせびりとるのだ。

女と身体の繋《つな》がりができれば、それを脅迫の種として強請《ゆすり》を仕掛け、あるいは、勾《かど》引《わ》かして旦那から身代金をせしめる。女の監禁先は、本所の外れにある畑に囲まれた小屋を使っていた。

昔ながらの手管だが、騙す相手を慎重に選び、引き際さえ誤らなければ、そうそう獄門台からの景色を拝むはめにはならないのである。

「ようは、おとなしくついてくるほど女を惚れさせてねえってことだろ？　ふん、〈女剃《は》ぎ〉の由利乃介さんもヤキがまわったかね」

「こきやがれ」

「餓えた年増なんざ、とっとと寝てやりゃよかったんだ」

「それがよ、なかなか堅い女でな……」

お兼は、同心の女房である。

獲物として目をつけたのは、じつは松蔵が先であった。お役目上、同心は商人らから賂《まいない》をもらうことも多く、下手な旗本より豊かな実入りを持っているはずだと見当をつけたのだ。

たしかに金は持っていた。

隙もあり、落とすのは容易に思えた。

だが、じっくりと手間暇かけて、ねんごろな状態に持っていく前に、松蔵が妙に焦って、仕事を急ぐことになってしまった。

それが、由利乃介には気に入らなかった。

「なあ、頼むぜ色男。おれは賭場《とば》で三十両も借銭があるんだ。あの女が持ってきた二十両でも足りねえんだよ。なあに、相手は武家だ。体面が先だって、言いなりに金を払う。訴え出てわざわざ恥をさらすこともしねえ。いつものように、たんまりと儲《もう》けちまおうぜ」

「けっ、てめえの借銭なんざ、しったことかよ」

「……んだと？」

獰猛《どうもう》な眼でにらみつけられ、由利乃介は肚《はら》の底を冷やした。

腕っ節を見込んで相棒に選んだ男だ。そのぶん頭が悪く、気性も荒々しい。うっかり気分を損ねたら、なにをしでかすかわからなかった。

「と、とにかく……おとなしく待っててくれ」

「だったら、はええとこ話をつけてきな。おれも、そんなに我慢するつもりはねえぞ。てめえができねえってんなら、おれがやって……あっ」

松蔵の顔が白っぽくなった。

「どうした？」

「み、みろ、てめえがもたもたしてっから、あいつら……」

本物の取り立て屋に見つかったらしい。

どこかの武家屋敷を賭場にしているのだろう。中間《ちゅうげん》の風体をした破落戸《ごろつき》が三人、肩をいからせながらこちらにむかっていた。

五

「おとうは、悪い人じゃないんだけどさ……」

お信《のぶ》と名乗った娘は、儚《はかな》げに微笑《ほほえ》んだ。

武造は、胸の高鳴りを鎮め、無表情を崩さないことに苦労した。それでも、この美しい少女への想いは、眼に熱っぽくあらわれていた。

娘の父は、その昔、芝居町でならした二枚目の役者であったらしい。顔も姿もよく、なによりも華があった。富沢町《とみざわちょう》を仕切る大親分の情婦に惚れられなければ、役者として大成していたかもしれない。

お信も詳しく教えられていないが、父に惚れた情婦はお信を産んで亡くなり、父は芝居町から追放処分を受けていた。

それからは、旅の一座に紛れ込んで、どさまわり専門の野良役者として、上方をめぐったり、雪深い田舎で芝居小屋を組んだり、江戸にいるときは次の興行先が決まるまで、寺社の境内で小屋掛け芝居をしているのだという。

「親子ふたりなら、なんとか食べていけるんだけど、おとうは、それだけじゃ物足りないみたいなの。だから、舞台に出られるわけでもないのに、よく芝居町までいって……たぶん悪いことに手を染めてるみたいで……あたしは、おとうが心配でしかたないんだ」

父は、昼間から酒を呑んでいた。この暑さだ。すぐに酔いも醒《さ》めるから、水を浴びるように呑んでいた。

あげくに、これから武家の女房を騙しにいくと息巻くから、さすがにお信も止めようとして、逆上した父に殴られてしまったらしい。

「そう……だったのですか……」

身の上話というものに、武造は興味を持てたことはなかった。

このときばかりはべつである。

年上で綺麗な少女の、少し擦れ気味で、耳に心地よい声を、一言も聞き逃すまいと、全身全霊を傾けていた。

可哀想《かわいそう》――なのだろうか？

武造には、そのあたりの機微がわからなかった。

お信は自分の境遇を可哀想だとは思っていないらしい。儚げな風情ではあったが、どこか芯の強さを感じさせる娘であった。

だからこそ、武造は惹かれたのかもしれない。

「ところで……あのさ……」

お信は、目元を赤らめて武造に訊いた。

「朔さま、いつ戻ってくるのかな？」

「さて、それは……」

武造は、小首をかしげて返事を濁した。

姉への嫉妬《しっと》もあったが、本当にわからなかったからだ。

成り行きでお信を助けたあと、姉は雑踏の中に道場の老先生を見つけたと言い残して、ふたりを置いて消えてしまったのだ。

気まぐれにもほどがある。

武造は、自分の心の動きが怪訝であった。女に惑わされ、われを失っている。それが厭であった。人を好きになるというだけで、なにゆえ幸と不幸にわかれてしまうのか。辛くなるだけであれば、恋などせぬほうがましではないか……。

恋といえば、藪木《やぶき》道場の若先生も、姉の朔に惚れているらしい。しかし、姉はそれに気づいてすらいない。哀れだ。哀れすぎる。

(つまり、惚れたほうが負けということではないか……!)

父はどうであろうか? 母に惚れているのか?

武家の婚姻は、惚れたはれたではないことは、武造も知っている。それでも、どちらかの末期まで暮らさなくてはならないのであれば、少しは惚れていたほうがよいのかもしれない。

祖父はどうであったのか?

隠居をする前は、もっと堅苦しい人であった。折り目正しく、行儀にもうるさかった。武造は、そんな祖父が嫌いではなかった。今は、まるで無頼である。さすが姉の祖父だ。自由にもほどがある。

「武造さん、武造さん」

お信に名前を呼ばれていた。

「あっ、はい……」

物思いに耽《ふけ》っていて、返事が遅れてしまった。

いつのまにか、人通りの少ない場所にきていたらしい。

お信の綺麗な顔がこわばっていた。

武造を見ているわけではなく、お信の見つめている先には——。

「ふ、不埒者《ふらちもの》！　放しなさい！」

母の叫び声であった。

額の狭い町人が頭を抱えて地面に伏し、中間らしき破落戸に脇腹《わきばら》を蹴《け》りまくられていた。破落戸は、もうふたりいた。ひとりはお信の父を後ろから羽交い締めにして、もうひとりは武造の母の腕を摑んでいる。

「ちがうんだ！　その人はちがうんだ！」

お信の父は必死に訴えていた。

「おう、なにがちがうってんだ？　こっちは松蔵からぜんぶ話を聞いてんだ。どうせ勾引かすつもりだったんだろうがよ」

「けどよ、ひ弱な役者さんには、ちと荷が重いと思ってな。親切にも、おれたちがぁとを引き受けてやろうってことさ」

「そうだぜ。感謝しな。たしかに二十両はいただいたが、まだ足りねえ。こちらの御新造さんで、手を打ってやらあ」

げらげらと三人の破落戸は笑った。

「そ、そうじゃなくて……」

「うるせえ！」

羽交い締めにしていた破落戸が、色男の股下に容赦なく膝《ひざ》を蹴り込んだ。

ぐぅ、とうめいて、色男は丸まって転がった。

「あっ、由利様！」

母の悲痛な声に、武造は思わず耳をふさぎたくなった。

「お、おとうが……武造さん、どうしたら……」

震えているお信の声に、かえって武造は落ち着いてきた。

なんとなくだが、状況はわかった。お信の父は、武造の母を騙そうとしていたらしい。倒れている町人は、その仲間なのだろう。

これは悪党同士の内輪もめなのかもしれないが、今はどうでもよかった。

「お信さん、刀を預かってもらえますか」

「え……」

武造は、腰の脇差《わきざし》を鞘ごと抜くと、お信に渡した。

本差は重すぎて、普段から持ち歩いてはいなかった。抜いたところで自分の足を斬《き》ってしまいかねないからだ。それに、無礼打ちとはいえ、町人を斬り殺すわけにはいかなかった。

姉や老先生を呼んでくる余裕もない。

人通りが少ないとはいっても、まったくいないわけではなかった。しかし、三人の破落戸たちに刃向かおうという者はなく、誰もが眼をそむけて足早に通り過ぎようとしていた。

武造がやるしかないのだ。

足音をたてずに近づきながら、手ごろな棒切れを拾った。

「慮外者！」

武造は甲高く叫んだ。

棒切れをふり上げ、母の手を摑んでいる破落戸の頭を狙《ねら》う。

「ぐがっ」

手応《てごた》えは充分であった。

頭の後ろを打たれ、破落戸のひとりが昏倒した。

「武造！」

母が眼を見張った。

「母上、お逃げください」

武造の声は震えていた。膝も少し笑っていた。

この歳になるまで、ろくに喧嘩《けんか》などしたことがないのだ。奇襲で一発かましただけでも、まずは上首尾である。あとは野となれ山となれだ。

「で、でも……」

母はおろおろするばかりで、一歩も動こうとはしなかった。足がすくんでいるのかもしれない。あるいは、自分を騙した男の安否が気になっているのか……。

「コンの餓鬼！」

ふたりの破落戸は、仲間をやられて凶悪な本性を剝《む》き出しにした。

町人を蹴っていたほうが、武造を捕まえようと腕を伸ばしてきた。その手を棒切れで打つ。いや、空ぶりであった。破落戸は喧嘩慣れしている。武造が二撃目を打ち込む前に、するりと間を詰められた。

濁った殺気を間近で浴び、武造の四肢がすくんだ。細い肩を捕まれ、もう逃げられなくなる。拳《こぶし》が飛んできた。

がつん、と武造の頬に衝撃がくる。

眼の前が真っ白になった。

「餓鬼！　逝ね！　餓鬼ぃ！」

地面に倒され、頭を踏みつけられた。

破落戸は怒りに我を忘れているのだろう。猛《たけ》り狂った爪先《つまさき》が、何度も武造の腹に突き刺さる。吐き気を催した。

「武造！　武造！」

あられもない母の悲鳴が聞こえる。

お信の声も遠く聞こえた。泣いている気がした。自分が情けなかった。どんな理由があれ、惚れた女子を泣かせてしまった。

「ぎぇぇっ」

なにが起きたのか――。

武造は、痛みに顔をしかめながら、うっすらと眼を開いた。

武造を蹴りつけていた破落戸が、右腕を抱えて転げまわっていた。

「吉沢朔——推参」

姉が、助太刀《すけだち》にやってきたのだ。

「な、なんだ、てめえは！」

女武芸者の細腕がしなり、長い棒が風を切る。物売りが使っている天秤棒だ。姉が手にすれば、それも立派な武器である。

吠《ほ》えた破落戸の腹に、あっさりと棒の先がめり込んだ。ぐへっ、とうめいて、胃の中身を吐き散らす。膝をつき、うつ伏せに倒れ、そのまま気絶してしまったのか、すぐ静かになった。

武造が最初に殴った破落戸が、ようやく頭をふりながら立ち上がった。

「うっ、うわぁぁぁ……！」

いつのまにか、仲間がふたりともやられている。顔色を失い、恐慌を呈していた。思いきって逃げ出せばよいものを、人質にでもしようと思ったのか、武造の母にむかって飛びかかった。

「ひっ……」

母は硬直したまま動けなかったが、

「げぐっ」

と破落戸は、妙な声とともに昏倒《こんとう》した。

姉の仕業ではない。

母を助けてくれたのは、深編み笠をかぶった細身の武士であった。破落戸の背後から忍び寄り、刀で峰打ちにしたのだ。

武士は、刀を鞘へ戻し、深編み笠を外して顔を見せた。

「父上！」

朔と武造は、信じられない顔をした。

「あ、あなた……」

母の声は、か細く、哀れに震えていた。

「うむ」

吉嗣同心はうなずいた。陽は西へかたむきはじめていたが、能面のように整った顔には汗ひとつかいていなかった。

風に吹かれ、さわさわと青い稲が揺れている。

「へへっ、こりゃ、吉沢一家勢ぞろいの巻だな」

「忠吉、おまえは出ていかなくてもよいのか？」

弾七郎は茶化し、雄太郎が訊いてきた。

「なあに、隠居などいないほうが、すっきり片づくこともある。お兼だって、わしにまでみっともないところは見せたくなかろうさ」

三匹の隠居たちは、いつでも加勢に出られる場所に身を潜めて、ことの成り行きを見守っていたのだ。

じじいは暑さに弱い。ここは若い者たちに見せ場を譲るべきであろう。

「まさか、雄さんまで奥山にいるとは思わなかったな」

「うむ、川の堀で糸を垂らして、汗も垂らして……この暑さで魚も水草の陰でぐったりしておるのか、さっぱり釣れぬのでな。だから、弾七に誘われたこともあって、剣舞で小遣い稼ぎをしておったのだ」

雄太郎は、上半身をモロ肌脱ぎにして、青空をあおいだ。

うなずいて、忠吉はふり返った。

「弾さんも、せがれの嫁が、よく浅草寺にくるってわかったたな」

「いや、奥山で小屋掛け芝居やってる座頭《ざがしら》が古い知り合いでな、ここんとこ、こっちの小屋に出させてもらってたのよ。んで、一昨日は芝居町に用があって、ちょいと寄ったときに、忠吉っつぁんとこの嫁御を見かけたってわけだ」

「ああ、お葉さんから話は聞いた。ありがとうよ」

「へっ、礼を言うほどじゃねえさ」

　弾七郎はかぶりをふり、それから、切なく嘆息した。

「あのにやけ男は、由利乃介っていう野良役者なんだけどよぅ。役者仲間のあいだでも、いろいろと悪い噂を聞いててな。あの父娘が世話ンなってる一座の近くで、さりげなく見張ってたんだよ」

　そこへ、お兼がせっぱ詰まった顔でやってきた。

　偶然ながら、朔と武造も浅草寺にきていたので、弾七郎は近くにきているはずの忠吉を捜し、雄太郎には朔を手伝わせて由利乃介を追わせたのだ。

「それにしても、武造はたいしたものだな。わしは見直したぞ。母上を助けるためとはいえ、文弱の身で多勢に挑みかかるとはな。とっさに刀を外し、思いっきりふりまわせる棒切れを拾った手も悪くはなかった」

　雄太郎の称賛に、忠吉の頰がゆるんだ。

「さすが、わしの孫よ」

あのときは、忠吉も胸が熱くなった。

朔が、忠吉の天秤棒を引ったくって飛び出していかなければ、忠吉は破落戸どもを殺していたかもしれない。

「でもよう、忠吉っつぁんのせがれ殿まで出張ってくるたぁ驚いたぜ。女房の不義を嗅ぎつけて、追ってきたってことかね」

「岡《おか》っ引《ぴ》きは連れてきていないようだが」

「けっ、雄さん、それほど野暮じゃねえんだろうよ。一匹の男として、けじめをつけたかったんじゃねえのか？　ええ？　だいたい、ここいらは寺社奉行《じしゃぶぎょう》の縄張りだ。町奉行所の管轄じゃねえ」

「……かもしれんな」

忠吉も、弾七郎の意見に同意した。

吉嗣が、後始末をどうするのかと興味深く見ていると、吉沢一家は由利乃介と娘を連れて奥山の賑わいへと戻り、人相の悪い町人は気絶している破落戸三人を残して一目散に逃げ去っていった。

隠居たちも、立ち去る頃合いであった。

「おれは……昔から、奴を知ってたんだよ」

ぽつり、と弾七郎がつぶやく。

「む？」

「弾さん、そりゃ由利乃介のことか？」

「ああ、不味い役者じゃねえが、女運が悪かった。んで、世を拗《す》ねて、女に復讐《ふくしゅう》でもしてる気分なのか、ろくでもねえ悪事にはまりやがった」

馬鹿だよな、と弾七郎はほろ苦く笑った。

「不義にしろ、惚れた女を亡くしたとあれば、多少は同情の余地もあろうが」

と雄太郎は太い首をかしげる。

「馬鹿だったんだよ」

と弾七郎は吐き捨てた。

「ようよう、優れた役者ってのはな、惚れられることはあっても、惚れることはねえもんだ。情けなしの人でなしさ」

「だから、情の深え弾七は大成しなかったのか」

「おそらく、由利乃介とやらもな」

「こきやがれ」

と弾七郎は顔をしかめた。

「由利の馬鹿野郎は、舞台を降りたとたん、駄目ンなった。いくら色悪を気取ったところで、本物の悪党にはなり切れねえ。……いや、ちがうな。そうじゃねえ。そんなこと言いたいわけじゃねえんだ。役者だから……役者なんだからよぅ、芝居町でなくたって、どこでもやれるじゃねえか。小屋が大きかろうが小さかろうが、どこでも芝居ができる。それで充分じゃねえかよ。女に騙されたって、それも芸の肥やしじゃねえか……」

忠吉と雄太郎には、長らく野良役者に甘んじてきた友垣がなにを言っているのか、いまいちわからなかったが、

「できればよぅ、由利乃介の奴を悪事から抜けさせたかったんだよぅ」

その想いは痛いほどに伝わってきた。

六

吉沢親子は、八丁堀への帰途についていた。

武造は、姉に背負われて仏頂面である。

――たいした怪我《けが》ではありません……。

――子供ではあるまいし……。

――自分で歩けますから……。

と元服した男子の意見を繰り返し述べてみたが、朔は頑として弟を降ろそうとはせず、父の深編み笠をかぶって上機嫌であった。

姉弟から少し遅れて、お兼は夫の半歩後ろについていた。

針のむしろどころではない。身の置き場もなかった。釜《かま》ゆでの刑を待っている罪人の心持ちである。武家の嫁にあるまじき、母にあるまじき――それだけの罪を犯してしまったのだ。

「すまない」

「えっ……」

夫から謝られて、お兼は眼を丸くした。

不義の現場を押えられた。言い訳のしようもない立場である。罵《ののし》りや蔑《さげす》みを甘受し、離縁を突きつけられてもしかたなしと覚悟していた。

女の役目は、子を産み、育てること。

もう自分の役目は、とっくに終わってしまっているのだから……。

「ずっと、おまえに不満はないと勝手に思い込んでいたのだ。私は、父上とはちがう。

ずっと、夫婦でいっしょにいられる。そう信じ込んでいた。だが、そうなのだ。なにか不満を募らせているとき、人は必ずしも言葉にするわけではないのだな」

無口な夫が、これほど長く話したのは初めてかもしれない。

夫の声は、慙愧《ざんき》の念に満ちていた。

涼やかに整った眼差しで、母親によく似たのであろう面差しで、永遠に敵《かな》うわけがないと思い込んでいた義母のようなお顔で――。

「……すまなかった……」

「そ、そんな……！」

お兼は激しく心を揺すられた。

「ずいぶん昔のことだ。父上と母上と、こんな道を歩いていた。私は、まだ小さくて、あまり覚えていないが……楽しかった、のだと思う。帰り道は、父上とふたりだけで帰った。そんなことは、もう厭なのだ。父上は、武士ならば泣くなと言った。私は泣いていなかった。しかし……もしかしたら、あのとき、私は泣いていたのかもしれないが……」

お兼の胸に、小さな高鳴りが生れた。

やがて、それはだんだんと育ってゆき、隅田川のせせらぎも、夏風のうなりも、すべてが呑み込まれていった。
（ああ、この人は……）
端正な夫の横顔は、初めて見る人のように映った。
淡泊な夫だと思っていた。
冷たい夫だと思っていた。
不器用な夫なのだ。
優しく、甘い夫であったのだ。
お兼が、いままで気づかなかっただけで……。
「いまさらかもしれないが……私と、また暮らしてくれないだろうか」
夫の耳たぶは、夕陽を透かして赤くなっていた。
小憎らしいほど涼しげな顔で、いつも無表情を崩さない人が……。
はしたないと思う前に、お兼は思わず手を伸ばしていた。
「はい……あなた……」
夫の袖《そで》を、指先でしっかりと摑んだ。
顔は憮然《ぶぜん》としていたが、

(よき一日であった)

と武造は満足していた。

武家の妻女を狙った脅迫事件がつづいているとのことで、父は手下とともに捜査していたところ、松蔵という額の狭い町人にたどり着いたという。

そして、自分の妻が巻き込まれていることを知って、「これは私事である」と決心し、ひとり浅草寺までやってきたのであった。

(ああ、父上も母上に惚れているのだ)

武造は、くすぐったい心地になっていた。

お信の父は、厳重に叱ったのみで放免になるようであった。

下手人を捕えたところで、武家の面目と引き換えにしてまで訴え出る者はいない。

由利乃介の目論見通りである。かといって、放置もできないから、とにかく再犯を防ぐことができればよいのである。

お信のためにも、武造は寛大な処分に感謝していた。

雷門まで見送ってくれた可憐な姿を思い出す。お信が姉を慕っていることはわかっている。だが、姉は女である。

武造には、いくらでも好機があるはずであった。

「ああ、そうだ。武造よ」

　姉が、明るく話しかけてきた。

「なんですか？」

「おまえ、お信と仲良くなっていただろう。だから、教えておいたほうがよいと思ってな。お信の父も、さすがに江戸にはおられまいから、一座と旅に出るそうだ」

「えっ、そんな……」

　武造は、眼の前が暗くなるような衝撃を受けた。

「だが、安心しろ。お信が小屋掛け芝居に出ているところを芝居町の者が見ていたらしくてな、あれはよい役者になるから、うちで預かりたいという申し出があったようだ。どうやら、お信もそれには乗り気らしい」

「ああ、それはよ……役者？」

「うむ、お信は、よい女形《おやま》になるのだろうな」

「女形……」

「そうだ。女形だ。……ん？　武造、どうした？」

　お信は、娘ではなかった。

　美貌の男子であったのだ。

夏の恋は短し。
さながら、夜空に散る花火のごとし。
ましてや、初恋ともなれば……。
武造は、姉の背に揺られながら、しばらく茫然《ぼうぜん》としていた。

第五話　若気の陽炎《かげろう》

一

風に涼気が混じり、すとんと気が抜けた。

(これは、まいった……)

忠吉《ただきち》は、長屋《ながや》で寝込んでしまった。

無理な姿勢で描《か》きつづけたツケがまわってきたのであろう。肉筆画をひとつ仕上げ、さて立ち上がろうかとしたとき、こきり、と腰をやられたのだ。

これまでに味わったことのない激痛であった。

腰骨が軋《きし》むことなど、いつものことではあったが、今度ばかりは深刻である。獣のように這《は》ったまま、ぴくりとも動けなくなった。指一本すらだ。みっともなくて、助けを呼ぶこともできない。

ついに、くるべきものがきてしまった。

兆候はあったのだ。たびたびあった。前はなんとかなった。今度もなんとかなるであろう。あるいは、次のときも……。

（しかし、いつかは……）

と哀しみにも似た諦観《ていかん》は抱いていたのである。

半刻《はんとき》（約一時間）ほどで痛みは薄らいできたものの、悪いことに、夏の酷暑を耐えきった身体《からだ》にどっと疲労が襲いかかった。眩暈《めまい》で立つこともならず、ごろんと横たわったきり、起き上がることができなくなった。

忠吉の異変に長屋の者が気づき、大家の娘が朝と夕にお粥《かゆ》を食べさせてくれたので、なんとか餓死だけは免れた。

医者は、忠吉のほうで断った。

峠はすぎた。死ぬほどのことではない。怪我《けが》をしたとか、病気にかかったとか、そういうことではないのだ。歳《とし》をとり、無理の利かない身体になった。切なかろうが、情けなかろうが、それだけのことであった。

とはいえ、

（雄《ゆう》さん、弾《だん》さん……見舞いにもこねえたあ、ずいぶんじゃねえか）

万感の寂寥《せきりょう》に胸を塞《ふさ》がれる。

雄太郎《ゆうたろう》は、年甲斐《としがい》もなく精力を持て余しているらしく、お琴《こと》の長屋に入り浸って若い女の肉に溺《おぼ》れている。弾七郎《だんしちろう》もお葉《よう》とますます夫婦仲を深めているらしく、めっきり古町長屋《こまちながや》には帰ってこなくなっていた。

忠吉のもとへ、しばしば遊びにきていた孫娘も、挿し絵で若衆《わかしゅ》として描かれたことが不満らしく、それ以来、顔を見せにこなくなった。

老いの寂寥は、いよいよ増してゆく。

友垣の薄情さに腹を立てたり、自分の人望のなさに落ち込んだりして、ただ木偶《でく》のように横たわっていると、つい昔のことをいろいろと思い出してしまい、懐かしいやら、恥ずかしいやら、情けないやら、次々と泡のように湧《わ》き上がるさまざまな情念に苦しめられる始末であった。

そんなときに、

「お祖父《じい》様、おとなしく屋敷へ戻られたほうがよろしいのでは？」

孫の武造《たけぞう》が顔を見せたのだ。あいかわらず、小憎らしい言い草であった。

「……ふん、御免蒙《こうむ》らあ」

「片意地を張るようなお歳でもないでしょうに。父上も母上も、床より起き上がれないお祖父様を邪険にするほど非情ではありません。それに、長屋を終《つい》の住《す》み処《か》とするわけでもないのでしょうから、これを機に家族のわだかまりを解いておくのも、隠居としては悪い手でもありますまい」

こんこんと諭されてしまった。

孫の分別臭さに、ますますの磨きがかかっていた。もっと馬鹿でもよいのに、さぞや息苦しかろう……。

だが、正論は正論であった。

反論の手がかりすらなく、口を開けば祖父としての威厳を損なう結果しか見えないため、忠吉がふてくされたように黙っていると、

「そういえば……」

と武造は言葉を継いだ。

「先日、お葉殿と瑞鶴堂《ずいかくどう》でお会いしまして、ぜひお祖父様に伝えてほしいと頼まれていた言付けがありました」

「……お葉殿は、なんと？」

忠吉は、白い眉《まゆ》をひそめた。

（まさか、小春《こはる》に会いにゆけと？　むりだとわかってるだろうに……）

なにやら胸騒ぎがした。

「なんでも、お祖母《ばあ》様が、春先よりお身体の具合よろしからず、このごろはとみに床から離れることができなくなっている……とのことらしいのです」

忠吉は、息を呑《の》んだ。

（よもや、このまま死別するかもしれない……と？）

枯れた身体が、ぶるぶると震えた。

「私は、お祖母様のことはよく知りません。離縁されて、それから一度もお会いしていないことは聞いています。いまさらながら、このようなことをお聞きするのもどうかとは思いますが……」

「ああ……」

「お祖母様は、どこの家の方なのですか？」

「ああ……」

小春のことは、吉沢《よしざわ》家では禁忌として扱われているのだ。

もちろん、そうしたのは忠吉である。そのおかげで、ふたりの息子には寂しい思いをさせてしまい、さぞや恨まれているであろうという慙愧《ざんき》の念が胸から離れたことはなかった。

忠吉は、またもや気が遠のいてきた。眼《め》を閉じる。瞼《まぶた》に透ける光さえ、すぐ闇《やみ》へと呑まれていき、四肢の重みだけをひどく感じていた。

「お祖父様？」

孫の声が遠くに聞こえた。

忠吉は、井戸端で足を滑らせた蛙《かえる》のごとく、ぽちゃりと眠りへ沈み込んでいった。

二

かれこれ、四十年ほども昔のことであった。

寛政《かんせい》二（一七九〇）年――。

天明《てんめい》から改元されたわけは、京の都で内裏炎上など災異が起きたことによるとのおふれであったが、いまいち江戸者にはピンとこない。家治《いえはる》公が身罷《みまか》られ、家斉《いえなり》公が十一代将軍に就いたときのほうが、ずんと肚《はら》の底に響く一大事であった。

「よい風だ……」

ほろ酔い気分で、忠吉は木椀《もくわん》の酒を口元に運んだ。縞《しま》の着流しで、頭は傾いた町人《ちようにん》髷《まげ》。腰の帯には喧嘩《けんか》煙管《ぎせる》を挟んでいる。

「よい眺めだな」

「ああ、悪くねえ」

雄太郎と弾七郎も、機嫌よく呑んでいた。

豪放な剣客らしく、雄太郎はむさ苦しい蓬髪頭《ほうはつあたま》であった。生地の擦り切れた着物と袴《はかま》をつけ、腰には無銘の業物《わざもの》二本差しである。

弾七郎は、まだ杉原《すぎはら》の姓を持っているころだ。武家らしく、頭は月代《さかやき》を剃《そ》っていたが、着物はだらしなく着崩れ、よれた袴をはいていた。

珍しく早朝から寝床を抜け出して、若い三匹は木挽町《こびきちょう》で白浪《しらなみ》（泥棒）物《もの》の芝居を存分に楽しんできた。ひけたあとは、居酒屋に入って、あの役者はよい、あの芝居は駄目だ、と大いに盛り上がった。

その余韻が残っていたのだろう。

次の居酒屋へとむかう途中で、ふと立派な蔵が眼に入った。

楓川《もみじがわ》の東岸である。

夜空には、ぼんぼりのような月が照っていた。

上りたくなった。上るしかなかった。

役人に見つかれば、なにかしらの処罰を受けることはまちがいない。が、二十歳を過ぎた若者たちは、茫然《ぼうぜん》と沸いた冒険心を満たすために、変わった趣向の月見酒を楽しもうと決めたのだ。

蔵の屋根から見下ろせば、本材木河岸《ほんざいもくかし》に繋《つな》がれた荷船がしっぽりと闇に抱かれ、日本橋南と八丁堀をむすぶ松幡橋《まつはたばし》が月の光を浴びて青白く浮かび上がっている。

夜風が心地よかった。

猛暑は過ぎ去ったとはいえ、まだまだ夜は蒸し暑いのだ。

「雄さん、出立はいつなんだい?」

忠吉が、そう訊《き》いた。

雄太郎は、茶碗酒《ちゃわんざけ》をあおってから、

「うむ、紅葉《もみじ》の前には、な」

「はっ、紅葉狩りをしながらたあ、なんとも風流な武者修行だな。んで、いつお江戸に戻ってくるんだよ?」

と弾七郎が軽口を叩《たた》く。

雄太郎は、本郷にある〈藪木《やぶき》一刀流《いっとうりゅう》〉道場の跡継ぎとして、全国の剣術道場をめぐる武者修行の旅に出る決意を固めているのだ。

「わからん。親父《おやじ》の師匠が大坂で道場を開いているという。まずはそこからだ。あとは、もっと西にも寄ってみるか。だから、江戸に戻るのは、五年後か十年後か……」

「気の長《なげ》えこった」

「弾七よ、おまえはどうなのだ？」

「親父さん、どんな具合だ？」

と忠吉も気になっていたことであった。

弾七郎の父は、御先手組《おさきてぐみ》として奉公していたが、長年の深酒がたたって身体を壊し、この春から病床についていると聞いていた。

「もう長くはねえな」

弾七郎は、手元の飯椀《めしわん》を見つめ、中身を揺らした。だいぶ減っていたのか、大徳利《おおどっくり》からなみなみとつぎ足してから、ちびりと舐《な》める。

「……そうか。弾さん、杉原家を継ぐんだな」

「いやぁ、どうだかね」

「ならば、どうするつもりだ？」

「おれぁ、江戸っ子になりてえんだ」

「妙なことを」

雄太郎は怪訝《けげん》そうであった。

「おれたちは、二親とも江戸生まれだ。すでに江戸っ子ではないか」

「ちげえんだよ！」

弾七郎は吠《ほ》える。

「おう、よぉく考えてみな。侍で江戸っ子という奴はあるか？　そりゃ、江戸生まれであっても、江戸っ子じゃねえんだよ。空威張りの町人になって、ようやく江戸っ子といえんだよ」

「むぅ、たしかに侍ではいわぬか」

雄太郎は、素直に感心したようであった。

江戸っ子は、口先ばかりで腸《はらわた》なし。空回りの心意気だけが宝物だ。〈武士〉という身分であれば、必要のない矜持《きょうじ》であった。

もっとも、町人が武士に敬意を抱いていたのも今は昔のことで、表では仰々しく頭を下げても、陰にまわれば『虱《しらみ》と武士を恐れては、住居もままならぬ』と侮蔑《ぶべつ》の口をたたかれるご時世ではある。

武士であれば、町人であれば。

こうでなければならない、ああしなければならぬ。

そんな虚しい思い込みが、どれほど人を不幸にしていることか……。

「弾七よ、武士をやめてなんとする？」

「ああ、役者ンならぁ」

これには、忠吉も眉をひそめた。

「弾さん、そりゃ……ちょいと時期が悪いんじゃねえか？」

田沼意次《たぬまおきつぐ》が失脚して、今は松平定信《まつだいらさだのぶ》が老中首座に就いている。

小身旗本から異例の出世を遂げた田沼意次とはちがって、八代将軍の孫である松平定信は陸奥白河《むつしらかわ》の主君として大飢饉《だいききん》から多くの民を救った実績を背景に、清廉な政策を推しすすめていた。

役人の賄賂《わいろ》人事を廃止し、大店《おおだな》による独占市場を解体し、飢饉対策としては大名へ穀物備蓄を命じ、旗本への学問を奨励し、厳しい倹約によって破綻《はたん》した幕府の財政を立て直そうと試みている。

奢侈《しゃし》を憎み、風俗の乱れを嫌った。

その徹底ぶりは、六歳以上の混浴を禁止し、町人の楽しみである祭りの費用まで倹約させられるほどで、幕府は取り締まり政策の一環として、洒落本などの販売も禁止していた。

戯作者《げさくしゃ》の恋川春町《こいかわはるまち》は、松平定信の改革を風刺したことがもとで隠居し、春町の戯作仲間である朋誠堂喜三二《ほうせいどうきさんじ》は筆を折ることになった。

『白河の清きに魚のすみかねて　もとの濁りの田沼こひしき』

と定信を揶揄《やゆ》したことで有名な狂歌師の大田南畝《おおたなんぽ》も、実直な幕吏へと身を翻し、後難を恐れた武家者も次々と戯作から手を引いているのだ。

「けっ！」

弾七郎の眼が酔いで据わっていた。

「見ろよ。倹約倹約で、お江戸の灯が消えちまってらぁ。だからこそ、浮世の芝居がいるんじゃねえか。それによう、おれたちにゃ、まだ山東京伝《さんとうきょうでん》がいらぁ。おう、『富士之人穴見物《ふじのひとあなけんぶつ》』を読んだか？　江戸っ子の尻の穴の大きさを越中守《えっちゅうのかみ》（定信）に覗《のぞ》かせるって結びだい。ははっ、痺《しび》れるじゃねえか。京伝先生は質屋の出だ。商人さ。武士の戯作なんぞ、もうおよびじゃねえんだよ」

とはいえ、幕府御用達商人の戯作者・石部琴好《いしべきんこう》は『黒白水鏡《こくびやく》』を著したことで江戸所払いにされ、洒落本で絶大な人気を誇る山東京伝でさえ罰金刑を受けてはいたのだが……。

忠吉にとっても、余所事《よそごと》ではなかった。

岡《おか》っ引《ぴ》きの息子なのだ。幕府ではなく、同心から年一分ほどの金をもらっての下働きが家業であった。

下女でさえ二両や三両はもらっている。大の男が、それだけで暮らしていけるはずもなく、他に稼業を持っているか、出入りしている店から賂《まいない》でももらわなければやっていけなかった。

幕府は、岡っ引きを破落戸《ごろつき》と大差なしと疎んでいるが、奉行所《ぶぎょうしょ》の人数だけでは手が足りず、しかたなく黙認してきたのである。

松平定信の潔癖思想に従えば、岡っ引きも消え去る運命なのかもしれない。忠吉の父親も、それを察して頭を悩ませているようであった。

「弾七よ、越中守様を嫌うものではないぞ。田沼様のころは、たしかに江戸を賑《にぎ》わせたが、大名が賂の金を捻出するために他国の農民が苦しんでおったのだ。越中守様は、それを身に染みてご存知だ。洒落本が禁止されたといっても、読本までが禁止されたわけではない。安心せい。新しい戯作者など、どんどん出てくるわい」

雄太郎からの反論に、弾七郎は鼻白んだ。

「おめえ、それじゃあ……世の中が暗くなるばかりじゃねえかよ」

「暗いからこそ、だ」

雄太郎は、白い歯を見せて笑った。

「これからは、世を拗《す》ねて、ご政道を皮肉ったものではなく、底意のない笑いを楽しむ戯作が流行《はや》るのではないかな?」

「……んなの、ただの馬鹿じゃねえか」

「馬鹿でよいのだ。愛しい馬鹿どもの世だ。おれたちだって、くだらない悪戯《いたずら》に心血を注ぐだけの馬鹿ではないか」

それもそうだ、と忠吉は苦笑する。

この馬鹿三匹は、盛り場で騒ぎ、私塾の師範をおちょくる方法を真剣に討議し、金がないときは閻魔や河童《かっぱ》に扮《ふん》して小銭を稼ぎ、ときには無頼気取りの腕自慢を捜して喧嘩を売ったりもした。

時が流れてゆく。それだけのこと。

誰でも、いつかはじじいになるのだろう。

だが、まだ若いのだ。煮えなければ、この世は退屈すぎる。

この先、三匹とも世に出てゆかなければならず、何十年も顔をあわせることがなくなるなどとは考えてもいない。

それほど、どうしようもなく若かったのだ。

しかし、そろそろ身のふり方を考える歳に差しかかってはいた。

『忠吉、よぉく聞きやがれ』

このごろ、父親がしきりに説教をぶつようになった。

数十人の手下を従えて、顎《あご》をしゃくるだけで意のままに動かすことができる。与力でさえ一目置く岡っ引きの大親分である。

『馬鹿をやんのはかまわんさ。ご政道を批判するのもよいさ。だがよ、てめえで一家を構えて、それでも文句を垂れてる奴は、救いようのねえ馬鹿だ。背負われてる身から、背負う身になってることに気づいてない大馬鹿だ。もっとも、そりゃ武士にかぎったことかもしれんがな。お侍様が真面目にやってくれなきゃ、こちとら安心して馬鹿もできやしねえからな』

若い忠吉には、ぴんとくる説教ではなかったが――。

「……近いな」

忠吉が眉をひそめた。

呼子笛《よぶこぶえ》の音が聞こえてきたのだ。

「捕物《とりもの》か？　どこだ？」

弾七郎が物見高く首をめぐらせると、雄太郎が頑強な顎をしゃくった。

「越中殿橋《えっちゅうどのばし》のほうだな」

松平定信の上屋敷前にかけられた橋のことである。三匹が登っている蔵のすぐそばでもあった。そろり、とあいだの路地を見下ろすと、武士たちが駆け抜けて東側へとまわるのが見えた。

「白河のご家中だな」

雄太郎の見識に、忠吉も同意した。

「どうやら、町奉行所《まちぶぎょうしょ》の捕方《とりかた》はいねえようだ。屋敷に忍び込んだ盗賊を追いかけてってあたりかね」

「雄の字、忠吉《ただきち》っつぁん、どうするよ？　おれたちで捕まえるか？　それとも、逃がすかい？　逃がすほうが面白いな。越中守に一泡吹かせるたあ、なかなか見上げた白波じゃねえか」

と弾七郎は賊を贔屓《ひいき》にしかけたが、

「はっ、盗人は盗人じゃねえか」

と岡っ引き根性で忠吉は決めつける。

雄太郎は苦笑を漏らした。

「まあ、なにも盗賊と決まったわけでもなかろう。どちらにせい、まずは様子見といこうではないか」

　三匹は屋根から降りると、路地の暗がりに身を潜めて上屋敷の東側を覗き込んだ。大通りを挟んで、むかいは八丁堀の組屋敷である。白河武士が八名ほど集結し、月が明るいせいか、提灯《ちょうちん》を持っている者はいなかった。

（あっ）

　忠吉は声に出しかけた。

　不審な人影が、猿のような身軽さで上屋敷の塀を乗り越えたのを見たのだ。細身で、黒ずくめの装束。声も漏らさず待ち伏せている者たちを嘲笑《あざわら》うように、青白く照らされた大通りを素早く横切った。

「いたぞ！　追え！」

　白河武士も間抜けではない。曲者《くせもの》に気づくや、すかさず呼子笛を吹き鳴らした。まわりに配置していた者たちを呼び寄せ、総勢二十名ほどで追いかけていく。

「賊はひとりか」

「そのようだな」

「ほうほう、肝の据わった白波だぜ。わざわざ八丁堀の組屋敷を突っ切っていくなんて、なんとも痛快だねえ」

不敵な白波の所業に、弾七郎は感嘆していた。

「さて、追うかね？」

雄太郎が訊き、忠吉はうなずいた。

「とはいえ、白河の追手と鉢合わせしても面倒だ。盗人の仲間と思われたくねえからな。こちらの路地から先まわりしよう」

「よかろう」

「合点でい」

追跡劇の興奮で、すでに酔いは醒《さ》めていた。


チン、と火花が散った。

刃金と刃金がぶつかりあったのだ。

三匹の若者は、組屋敷と町屋のあいだを通り抜けると、日比谷河岸《ひびやかし》に出てから亀島川《かめじまがわ》沿いを北上した。船着き場の小橋を渡った先は少し開けていて、右手に八丁堀と霊岸島を繋ぐ亀島橋《かめじまばし》がある。

その手前で、剣戟《けんげき》がはじまっていたのだ。

身を低くして、三匹は見物にまわった。

白河の追手が、黒頭巾《くろずきん》をかぶった羽織袴《はおりはかま》の武士と剣を抜いて戦っている。人数を分けたのか、白河側は四名しかいなかった。

一方で、黒頭巾は五名。やや白河側の不利といったところであるが、後続が追いつけば情勢は引っ繰り返るであろう。

武家同士の争いに関わりたくないのか、橋番所の者は内にこもり、息をひそめて様子をうかがっているようであった。

「おお、あれが〈新甲乙流《しんこうおつりゅう》〉の剣筋か……」

雄太郎がうれしそうにうなった。

久松《ひさまつ》松平家の祖である松平定綱《まつだいらさだつな》が、家臣とともに編み出した剣術を〈甲乙流剣術《こうおつりゅう》〉という。これに柔術の工夫を加味し、自身も優れた武芸者でもある松平定信が改変したものを〈新甲乙流〉と呼ぶのだ。

「うむ、これは思わぬ拾い物だ。よいものが見られた。さて、相手は……どうやら新《しん》陰流《かげりゅう》のようだが、いずこのご家中であろうか……」

頭巾《ずきん》で顔を隠し、羽織に紋はなかったが、白河側の質素な出で立ちに比べて、黒頭巾の者たちは着物も刀飾も華美であった。よほど国元の財政に余裕のある大名なのであろう。

「いずれにせよ、賊の仲間だろうな。足止めが目的さ。囮役《おとりやく》も兼ねてるんだろうから、肝心の賊は、とっくに逃げ去ったんだろうぜ」

忠吉がそう言うと、弾七郎が舌打ちした。

「なんだ、おれたちは無駄足かよ」

「まあ、待て。黒頭巾どもをつけて、どこの屋敷に入るのか見届けて……」

「貴様ら！　賊の仲間か！」

白河の後続が二名、船着き場の奥から出てきて、忠吉たちに激しく誰何《すいか》した。

「我が藪木一刀流で蹴散らしてくれようか」

「おう、ここいらで派手に名を売るかよ」

雄太郎は荒々しく袖《そで》をまくって松の根っ子のような太腕を剝《む》き出《だ》しにし、弾七郎はいつでも駆け出せるよう着物の裾《すそ》をせっせと尻はしょりにしていた。

忠吉だけが、冷静に場を読んでいた。

「いや、どう考えたって、それどころじゃねえ。こんなことで、お訊《たず》ね者《もの》になってどうするってんだ。ふけるぜ」

「……やむなしか」

「ああ、つまらねえ！」

三

若い三匹は、白けた気分をくすぶらせていた。

馴染《なじ》みの居酒屋で呑み直し、弾七郎の案内で夜通しやっているという軍記物や赤穂《あこう》浪士《ろうし》の素人講談の会に顔を出して、部屋の隅でうたた寝しながら世間が明るくなるのを待った。

そのあとは、河岸の飯屋で腹を満たし、朝湯を浴びてさっぱりすると、二階の座敷に上がって一刻《いっとき》ほどごろ寝させてもらった。湯屋の者は厭《いや》な顔をしたが、混んでいないかぎり文句はつけてこない。

眠い眼をこすって起きると、本町《ほんちょう》通りをそぞろ歩くことにした。

「おい、どうすんだ？　ええ？　どうすんだってばよ？　よぅ？」

弾七郎が、いきなりぐずりはじめた。

雄太郎は、太い眉をひそめて訊いた。

「どうする、とは？」

「とぼけんない。昨夜のこった」

半端に尻をまくった件が、まだ生煮えになっているのだ。

いくら意気がったところで、武家を怖れて逃げたことはまちがいない。馬鹿をやるといっても限度があるからだ。

この歳になって、悪戯もなにもないではないか。どうせ男を張るのであれば、天下を揺るがすような悪戯でなければ意味がなかった。

一揆《いっき》でもあれば、それに便乗してもよかった。が、しょせんは江戸者である。田舎の水は肌に合うまい。そもそも、乱など起こしてどうするというのか。迷惑を蒙るのは民衆なのだ。

その程度には、ものの分別がついている歳であった。

忠吉は、気怠《けだる》げに顔をしかめた。

「弾さん、その話はな、もうしめえだろうさ。気張ったところで、おれたちにどうこうできる筋合いのもんじゃねえんだよ」

「そもそも、あれはどういうことであったのか……」

雄太郎も、生煮えがぶりかえしてきたようだ。

「越中守様の上屋敷に賊が忍び込んだ。それだけのことであろうか？　いや、武家の屋敷に忍び込まれたのだから、たしかに大事ではあろうが、松平家のご家中は戦でもしているような騒ぎであった。黒頭巾どもの正体も気になる。——忠吉よ、おまえの親父《おやじ》殿から、なにか話は聞けないのか？」

雄太郎に問われ、忠吉はかぶりをふる。

「岡っ引きは町方《まちかた》だぜ。大名や旗本は管轄がちがう。それによ、岡っ引き風情に、そんなたいそうな話が降りてくると思うか？　同心の旦那はもちろん、与力様だって知っていなさるかどうか」

「まあ、噂《うわさ》などでもよいが」

「噂、なあ……」

忠吉は、鼻息を漏らして空を見上げた。

「松平様が、お命を狙《ねら》われてたってのはどうだ？」

「ほう、そんな噂があるのか？」

「いや、あっても不思議とは思わねえけどな。先の老中の田沼様は松平様の謀略で蹴《け》落《お》とされたっていうし、田沼様のご子息がお城ン中で斬られたときだって、松平様の仕業だって噂がたったくれえだ」

「うむ、たしかに恨みを持つ者は多かろうが……待てよ、越中守様の失脚を狙って賊を忍び込ませたということも考えられるな」

「下手人は、田沼様の手の者ってことかい?」

「さて、わからぬが……」

たとえそうだとしても、三匹の若造になにかできるわけではない。絵空事に興じているようで、ただ空《むな》しいばかりであった。

「おう、噂といやあ……」

珍しく考え込んでいた弾七郎が、ふと思い出したらしい。

「このあいだ、上方から戻ってきたばかりの座頭《ざがしら》から聞いたんだけどよ。なんでも、御所と幕府が喧嘩してるってえじゃねえか」

またもや、雲上の物語である。

弾七郎の話によれば――。

今上天皇は、急逝した後桃園《ごももぞの》天皇に皇子がいなかったことで、その養子となって即位することになった。が、父の典仁《すけひと》親王より位が上になるという事態になってしまい、それを気に病んで実父に太上《だいじょう》天皇の尊号を贈ろうとした。

ところが、老中の松平定信は、皇位につかなかった者に皇号を贈ることは先例にないとして反対し、朝廷と幕府のあいだで衝突しているというのだ。

「――それだけだったらともかく、将軍様も自分の父親に〈大御所〉の尊号を贈ろうなんて言いだしたからたまらねえや。越中守は朝廷にも拒んでるんだから、将軍様だけ認めるわけにはいかないのさ」

「うむ、しかしだな……それが本当だとすれば、幕府の秘事ではないか。なぜ、おまえが知っておるのだ？」

雄太郎が訝《いぶか》しむと、弾七郎はせせら笑った。

「だから、芝居《しばい》町《まち》で知りあった座頭に聞いたんだよ。御所の公卿《くぎょう》たちも、よほど頭にきてんだろうな。お江戸じゃ幕府の秘事でも、とっくに京洛中にひろまってらぁ」

「ああ……」

忠吉も、合点しないではなかった。

あくまでも、噂は噂だ。

だが、どこか真実味のある話であった。

田沼時代の江戸は物の値段が高騰する一方で、その改革への期待を一身に受けていた松平定信もやりすぎてしまったのだ。

まわりは敵だらけである。とくに将軍の実父は一橋治済《ひとつばしはるさだ》であり、徳川御三家とともに松平定信を老中にと推挙した派閥の一角であった。

（こうなると、誰が下手人《げしゅにん》なんだか……）

大伝馬町《おおてんまちょう》に差しかかったとき、弾七郎はふり返った。

「おっと、ちょいと絵草紙屋に寄りてえんだが。いいかい？　いや、悪いな。京伝の新しい洒落本が出てるか覗いてみたくてよ」

「こんなとこに絵草紙屋なんざあったか？」

忠吉は首をかしげた。

「できたばかりの店さ。〈瑞鶴堂〉ってとこだ。そこの主も大の読本好きでね、ゆくゆくは板元もやりたいらしいや」

弾七郎は、踵《きびす》を返して大伝馬町の外れに戻ると、

「おう、あそこだ」

とうれしそうに指でしめした。

忠吉の覚えでは、小間物屋であったところに〈瑞鶴堂〉と看板が出ていた。

弾七郎は、すっと入って、さっと出てきた。目当ての洒落本はなかったようだが、根っからの本好きだけあって、絵草紙屋の空気を吸っただけで、鬱屈《うっくつ》が晴れたような顔をしている。

「ようよう！　雄の字に忠吉《ただき》っつぁんよぅ！　もうちょっとだけここで待ってろよ。

へへっ、眼の保養ができるぜ」

雄太郎と忠吉は顔を見合わせた。

弾七郎がなにを言っているのか、それはすぐにわかった。

絵草紙屋から、華やかなものが出てきた。女だ。歳は十五か六か。町娘である。派手な着物を身に着けているわけではなかったが、華やかと感じてしまったのは、その雰囲気のせいであろう。

背は低いほうであろう。身体も引き締まっているせいで、ちんちくりんという印象はなかった。

町娘は、三匹の眼を意識しながらも、さらりと横を通り過ぎた。

黒々とした瞳《ひとみ》は、丹念にすった墨の水滴を思わせる。顔が小さく、目鼻がくっきりしていて、剃刀《かみそり》のように鋭利な美貌《びぼう》であった。年ごろの幼さを潔く脱ぎ捨て、どこか老獪《ろうかい》に成熟した雌猫のような風情をまとっている。

雄太郎と弾七郎は、茫然として見送った。

「ううむ、別嬪《べっぴん》だな」

「な？　すげえだろ？〈瑞鶴堂〉の奥から出てきやがったんだ」

忠吉だけが、ひくりと小鼻をうごめかして、きな臭い顔をした。

「あの女……臭えな……」

「忠吉、ああいうのは嫌いか？」

「いや、好みさ」

「忠吉っつぁんは、むっつりでいけねえや」

「まったくだな」

　こきやがれ。

　忠吉は胸のうちで罵《ののし》った。

　友垣どもは、小娘の右腕がぎこちなかったことに気づかなかったらしい。怪我《けが》でもしているのだろう。かすかに血の匂《にお》いもした。

　それから——。

　雄太郎は、べつのことに気づいたようであった。

「忠吉、弾七、あそこを見ろ。……いや、正面からはいかん。奴らに気づかれる。さりげなく、横目で見るのだ」

「雄さん、どうしたってんだ」

　忠吉は、雄太郎の言葉通りにした。

　弾七郎にも、すぐわかったようだ。

「ありゃあ、白河のご家中か？　ああ、やっぱりだ。昨夜に見た顔がまざってやがる。まさか、さっきの娘をつけて……」

小娘はむかいの路地に消え去っており、武士らしく身なりの整った三人も同じ路地へと足早に吸い込まれていった。

その先は、たしか行き止まりであったはずだ。

「おい、どうする？」

雄太郎も、とっさに追いかけようとした。が、まもなく白河武士が険しい顔つきで大通りに引き返してきた。

「あの娘、どこに消えた？」

「あわてるな。まだ近くにいるはずだ」

そんな声が聞こえてきた。

そのとき、弾七郎が与太《よた》を投げつけた。

「よっ、白河のご家中！　盗人はもう捕まえたのかい？」

「なんだと？」

白河武士のひとりが、鋭い眼で弾七郎を刺した。

「おい、相手をするな。しょせん、下郎どもだ。言葉を交わすだけでも家名が汚れよう。そんなことより……」

「むぅ、そうであったな」

白河の三人は、馬喰町《ばくろちよう》のほうへと歩み去った。

「野郎……」

弾七郎の顔に憤怒が灯《とも》る。

忠吉と雄太郎も同じ気持ちであった。

他愛もないことだが、これがきっかけとなってしまった。事後の面倒を怖れて手を引くことなど、とっくに頭から消え去っている。

「うむ、やるか」

「しょうがねえや。合点だ」

「合点かよぅ？」

「ああ、合点だぜ」

先に賊を捕まえて、鼻を明かしてやろうと意気込んだのだ。

四

翌日の夕暮れ時である。

忠吉は、ひとりで霊岸島にきていた。

「ふん……」

永久島《えいきゅうじま》の箱崎町《はこざきちょう》に繋がる湊橋《みなとばし》の欄干に顔を近づけて、赤黒いシミのようなものを検分していた。——血である。

岡っ引きの父親に聞いてみたところ、一昨夜の曲者は、やはり松平定信の上屋敷に忍び込んだ盗賊ということであった。発見がはやかったため、とくに被害はなかったようだが、武家の面目にかけて下手人を捜しているらしい。

忠吉も、朝から上屋敷前の大通りにむかい、手がかりを求めて地を這うように調べてみたところ、塀に血の垂れた跡を見つけた。

賊は屋敷のどこかで斬《き》られたのであろう。それでも、あれほど素早く動けたのだから、たいした傷ではなかったにちがいない。

八丁堀は、四方を川堀に囲まれている。逃げるにしても、どこかの橋を渡らなければならなかった。

忠吉は、曲者が逃げ込んだ組屋敷の周辺を嗅《か》ぎまわった。岡っ引きの息子が、組屋敷の武士に尋問するわけにはいかず、町屋の住人から話を聞き出しながら、およその逃走経路を摑《つか》むことができた。

曲者は、ところどころに血を落としている。眼を凝らしていなければ見落としてしまうほど、かすかな痕跡である。走りながら血止めをしたのか、それはだんだんと小さくなっていた。

東に逃げたと見せかけて、反対側の日本橋南へ抜ける手もあると考えたが――そっちは外れであった。

どうやら霊岸橋《れいがんばし》を通ったらしい。

となれば、

(湊橋を渡って、永久島に逃げ込んだ)

と見るべきであろう。

永久島に入って、右に曲がれば町屋の奥に御船手屋敷や御船蔵などが控え、さらに歩をすすめれば隅田川をまたぐ永代橋《えいたいばし》を渡ることになる。左手には箱崎橋《はこざきばし》があり、渡れば日本橋の東である。

箱崎橋を渡らず、永久島の奥へとすすめば、右側に、久世《くぜ》大和守《やまとのかみ》、松平伊豆守《まつだいらいずのかみ》、土井《どい》大炊頭《おおいのかみ》、そして御三卿の田安《たやす》家と、名家の屋敷がずらりと並び、永久橋を渡っても武家屋敷がびっしりであった。

つまり、どうにでも逃げられるということだ。

「ここまでか……」

湊橋を最後に、逃走の跡は途切れてしまった。

永久橋から見下ろすと、行徳河岸《ぎょうとくがし》に小舟が繋いであった。雨除《あめよ》けの屋根がつけられて、目隠しのむしろが降ろされている。

（……船饅頭《ふなまんじゆう》か？）

くぅ、と忠吉の若い腹が鳴った。

どうやら——。

夕飯時であった。

忠吉は、一膳飯屋《いちぜんめしや》で腹を満たすと、また永久島に戻っていた。

艶《えん》な月夜だ。

先年まで、永久島の先は〈中洲新地《なかすしんち》〉と呼ばれた盛り場であった。昔から月見の名所として知られ、遊客の船遊びも盛んであったらしい。

埋め立て地に富永町という町屋も作られ、かつては両国にもひけをとらない賑《にぎ》わいを誇っていたが、狭められた流路は洪水を頻発させ、奢侈《しやし》を戒める老中の意向もあって、今ではもとの浅瀬へと戻されていた。

「おにいさん、あたしとどう?」

行徳河岸で、しゃがれた女の声がかかった。

見下ろすと、小さな屋根船の中からだ。目隠しのむしろを開いて、船饅頭が誘うように微笑《ほほえ》んでいる。

船饅頭とは、小舟を使って稼ぐ私娼《ししょう》のことだ。値も安く、足腰の立たなくなった夜鷹《たか》がなるものだと相場は決まっていた。

忠吉は、呼ばれるがままに船着き場へ降りていった。

「さあ、いらっしゃいな。安くしとくよ」

小舟の中から、女の白い手が伸びて、忠吉を艶《なま》めかしく招いた。

女は紺染の薄い着物姿である。頭に手ぬぐいをかぶり、目元は暗くて見えない。鼻筋は綺麗に通って、紅に濡《ぬ》れた唇が艶めかしく月夜に映えている。

声はしゃがれていたが、どこかわざとらしく、なにか事情があって身体を売っているる若い女なのかもしれない。いつ摘発されるかわからないというのに、よほど肝っ玉が据わっているのであろう。

事情といっても、知れたものである。

年号が寛政に変わってから、江戸の女は綺麗になったという。忠吉の見当でも、そんな気はしていた。綺麗になったということは、巧みに中身を隠すようになったということだ。中身を隠すのは後ろ暗さのあらわれでもある。

はて、どんな中身になっていることやら……。

「悪いが、知らねえ女は抱かないことにしてんだ」

すると、女の声が、媚《こび》を含んだまま尖《とが》った。

「だったら、とっとと消えておくんな。商売の邪魔だよ」

忠吉は声を立てて笑った。

「そう邪険にするこたあねえや、姐《ねえ》さんよ。ひとりで散歩にも飽きてきたところでな。ちょうど話し相手がほしかったとこさ。客がきたら、消えてやるよ」

「まあ、いけ好かない……お話だけでも、お代はいただきやすよ？」

「ああ、かまわねえ。やるともよ。あんた、名は？」

「小春」

「おれは忠吉ってんだ。ところで――」

忠吉の手が伸びて、女の白い腕を摑んだ。

「あっ……なにを……」

「怪我してんのかい？　ちょいと見てやろうか？」

小春と名乗った船饅頭は、肘の手前に布を巻いていた。

「い、いいよ。たいしたこたあないのさ」

「そうかい……」

腕を摑んだまま、忠吉の鼻がすんと夜気を吸った。

「あんた、夜鷹でも船饅頭でもねえな。匂いがちがうぜ」

「おや、犬っころのようなお方だね」

小春の声に、怒りと苛立《いらだ》ちが滲《にじ》んだ。

「白波の姐さんってのは、身体を売る真似《まね》なんぞもしなくちゃならねえのか？　おっと、面倒くせえから、おとぼけはなしだ。あんたは、絵草紙屋から出てきた女だ。ついでによ、越中守の上屋敷から、あんたが逃げ出したところも見てるんだ。おれの鼻と眼はごまかせねえぜ」

忠吉は、手を放すかわりに、女の頭から手ぬぐいを奪った。

「……白波？」

小春は眼を丸くしていた。

そんな顔をすると、歳相応に幼く見えた。まさしく、大伝馬町の絵草紙屋前で見かけた小柄な娘であった。

　忠吉に、はっきりとした証拠などない。ただの言いがかりに近かった。とぼけようと思えば、いくらでもできたはずである。

　それなのに、

「あは、そんな格好のよいもんじゃないのさ」

　年増のしゃがれ声が、楽しげな若い声に変わった。

「まあ、白波が格好よいのは芝居の中だけだがな。それに、舞台に上がんのは野郎だけだ。あんた、女形《おやま》じゃあるめえな？」

　くくっ、と小春が喉《のど》を鳴らした。

「試してみたいってのかえ？」

「ふん……たしかめたかっただけさ」

「こうなったら、ただで寝てあげてもかまいませんけどねえ。その代わり、あたしを見逃してくれるか、それとも……」

　小春の手が、さっきのお返しとばかりに忠吉の手をとった。それだけではなく、指と指をするりと絡めてくる。

「……あるいは？」

忠吉は、喉の渇きを覚えた。

「情死なんて、粋じゃありませんかえ？」

小春は眼を細め、意味ありげに微笑んだ。

なに言ってやがる。

この女、頭がおかしいのかよ、と忠吉は呆《あき》れたが、軽々しい与太にも聞こえなかったことに胸の奥が妖《あや》しくざわめいた。

「そりゃ、ご法度だな。これでも岡っ引きのせがれでね」

「おや、野暮なお人でしたか」

「知らねえ女は抱かねえんだよ。だから……」

忠吉の口から、自分でも寸分たりとも思っていなかったはずの言葉が、ぽろりとこぼれ出そうになった。

絡んだ小指の先が、かっ、と熱くなる。

それを見計らったように、無粋な邪魔が入った。

「おう？　あれは……」

ひたひたという足音に、忠吉はふり返った。どこに潜んでいたのか、五人の武士が船着き場に駆け降りてきたのだ。頭に黒頭巾をかぶっている。小春の脱出を援護した謎《なぞ》の集団であった。

ちっ、と忠吉は舌打ちした。

「なるほど。こういうことかよ」

天下の秘事を嗅ぎまわっている者がいると気づいて、おびき寄せて消すための罠を張っていたのだと忠吉は思ったのだ。

ところが、

「小春よ、申し訳ないが、ここで死んでもらうぞ」

と黒頭巾のひとりが刀を抜き放った。

忠吉は、小春の顔を見た。

「どういうこった？」

「ごめんなさい。でも、まさか、本当の情死になるなんてねえ……」

「おめえ、紀州かどっかの隠密とかじゃねえのかよ？　越中守様の殺しにしくじって、口封じでもされるってことか？」

殺気に囲まれながらも、忠吉はかまをかけてみた。

「おや、そこまでおわかりなら話がはやい。せっかくのご縁ですから、三味線《しゃみせん》はなくとも、ちょいと唄《うた》わせていただきましょうか」

小春は艶然《えんぜん》と微笑んだ。

「たしかに、あたしは紀伊徳川家の隠密。もったいなくも、越中守様を弑《しい》するために、もう一人の女と送り込まれました。でも、紀州も一枚岩ではありません。あたしの本当の役目は……暗殺の阻止だったのです」

紀伊徳川家は、ふたつの派閥にわかれているという。

将軍徳川家斉の実父である一橋治済と、失意のうちに亡くなった元老中・田沼意次を支持し、松平定信弑すべしと強硬に主張する暗殺派。

もう一方で、苛烈な改革を危惧《きぐ》して松平定信を失脚させたいものの、吉宗《よしむね》公の血筋に手をかけることを怖れる失脚推進派である。

小春は、失脚推進派の隠密なのであった。

そして、あの夜の騒動になった。

一橋治済の要請を受けて、紀州の暗殺派が送り込んだ女刺客を小春は見事に阻止し、

そのまま上屋敷を脱出した。

暗殺派は、かねての計画通り刺客を逃がすための陽動をおこなったが、後日、小春の正体を知って激昂《げきこう》し、裏切り者の粛正と口止めを兼ねて、小春を始末するために今夜の襲撃をしかけた——と。

忠吉の推測も交えれば、こういうことであったのだろう。

「そこまで知られては、そこの町人にも死んでもらわなくてはなるまいな」

黒頭巾の武士がうそぶき、残りの四人も刀を引き抜いていた。

「はなっから生かして帰す気もねえくせによ」

だが、不思議と悪い気分ではなかった。

こんな別嬪と心中というのも、たしかにオツなものである。

「忠吉よ、そろそろおれの出番ではないか？」

友垣の声が、小舟の舳先《へさき》──水際から聞こえた。

「おう、雄さん。頼むぜ」

「承知！」

河岸から、雄太郎が大きな体軀《たいく》をざばりと引き揚げた。頭に愛刀を器用に載せており、褌《ふんどし》一丁の逞《たくま》しい裸体から水を滴らせる。

「やれやれ、おまえたちが話している隙《すき》に、こっそり泳ぎ着くのは骨が折れたぞ。だが、ようやく大暴れができるようだな」

「まあ……」

小春は半ば呆れたような声を出した。

ざわ、と黒頭巾たちに動揺がはしったのは、雄太郎のせいばかりではなかった。むかいの岸辺に、いきなり篝火《かがりび》が燃えさかり、五人の襲撃者たちの姿を赤々と照らし出したのだ。

「へへっ、薪能《たきぎのう》にしちゃあ、ちょいと風雅に欠けるかね？」

これは対岸の闇《やみ》に潜んで出番を待っていた弾七郎の仕業であった。

雄太郎は、褌の脇《わき》に鞘《さや》を差し込み、しゃらりと白刃を抜き放った。

「柳生新陰流《やぎゆうしんかげりゆう》……いや、〈西脇流《にしわききりゆう》〉ですかな。柳生新陰流は将軍家御流派のため、紀伊徳川家におかれては〈西脇流〉を名乗っていると聞き及ぶ。さて、我が一刀流《いっとうりゆう》が通じるかどうか、ひとつご指南願いたい」

にたり、と雄太郎は獣の笑みを浮かべた。

忠吉も一尺半の大煙管《おおぎせる》を構えて、喧嘩の準備は万端である。

「か、かまわぬ！　皆殺しに——」

「そこまでだ」

重厚な声であった。

今度ばかりは、忠吉たちのほうが驚いた。

すべての眼が石垣の上を見上げる。

ひとりの武士がいた。どっしりとした貫禄《かんろく》があり、身分ありげな偉丈夫である。闇に溶けるような漆黒の羽織を着て、袴を川風になびかせていた。

「その小春と申す女は、我が松平家に仕える腰元《こしもと》である。よって、我らに引き渡し、そこもとらは疾《と》く立ち去るがよい」

それが合図であったのか、田安屋敷の門が開くと、十人ほどの手勢が飛び出してきた。そのまま船着き場まで降りて、うろたえる黒頭巾たちを包囲してしまう。形勢は逆転した。

命じた武士も悠々とした足どりで降りてくると、田安家の手勢がざっと道を開け、偉丈夫は忠吉たちのほうへと歩んでくる。

「まるで千両役者だな」

弾七郎のつぶやきが、風に乗って届いた。

「ひるむな！　まさしく、これぞ天佑《てんゆう》なり！」

黒頭巾の首領がわめき、身分ありげな武士に斬りかかった。

上段からの鋭い斬撃《ざんげき》である。

それをどう避《よ》けたのか、忠吉には見えなかった。きらり、と刀身が月光を反射した。

偉丈夫は半歩も動かず、いつのまにか刀を抜き放っていた。

黒頭巾の首領は、その足元にたどり着くより先に斬られていたらしい。刀を落とし、どうっ、とつんのめるようにして倒れ伏した。

黒々とした血が、じわじわと船着き場の石畳を濡らしていく。

「殿、お見事！」

田安家の手勢が賞嘆を漏らした。

「見たぞ、〈新甲乙流〉……！」

雄太郎も低くうめいた。

剣士として、心の底から感嘆したのであろう。見せ場を奪われたというのに、その声に悔しさは感じられなかった。

残りの黒頭巾は、首領を斬られて戦意を散らされていた。遺体を担いで永久橋を渡り、たちまち蛎殻町《かきがらちょう》へと逃げ去っていった。

「松平様、その女……どうなさるおつもりで？」

忠吉は、偉丈夫の武士に訊いた。

田安家から出てきた手勢は、「殿」と呼んでいた。田安家の当主は、三年前に家督を継いだばかりの少年である。そして、今の老中首座は、田安家の出であった。

忠吉から、「松平様」と呼ばれても偉丈夫は否定しなかった。

「安堵せい。我らが保護するだけだ」

「へい……」

　ということは——。

〈ふん……武家の女とくりゃ、こちらの管轄外さ〉

　忠吉は、しょせん岡っ引きの息子なのである。

「ねえ、若親分さん……」

　小春は、田安家の屋敷へと連れられていく前に、忠吉にひょいと小さな顔を寄せてささやいてきた。

「さっきのつづき、聞かせてくださいな。ほら、『知らねえ女は抱かねえんだよ。だから……』のあとを」

「ああ……」

　これは、一目惚《ひとめぼ》れであったのか——。

　理屈ではなかった。情と断ずるにも足りない。ただの衝動。それ以外のなにものでもなかった。恋とは、そういうものであろう。一か八か。半か丁か。闇の中でさいころを転がすようなものだ。

「だから……隠密なんぞやめて、おいらの嫁になんな」

忠吉にとって、二度と口にできないであろう文句であった。

今、この場でなければならなかった。たとえ面目を失おうとも、どんな犠牲を払ってでも、この雌を捕まえなくてはならない、と男子の腸鉄を熔《と》かすほどの熱量が激しく命じたのである。

「ふふ、うれしい……でも、あたしは武家の娘なんですよ」

「なら、おれのために町人になんな」

「あんたが武士になるのは……どう？」

「おれが？　笑える話だな」

「武士になっても、あんた、立派にやっていけるはずさ」

「はっ……」

忠吉は、笑い飛ばそうとして、うつむいたまま、顔を上げられなかった。

小春は去っていった。

もう二度と会うことはあるまい。武家と町人には、交わることのない道があり、越えるに越えられない壁があるのだ。

船着き場に、若い三匹だけが残った。

弾七郎と雄太郎は、うなだれた忠吉の背中をどやしつけた。

「ああ、忠吉っつぁんはよぅ、むっつりでいけねえや」

「うむ、まったくだ」

何度も、何度も、友垣に荒っぽくどやしつけられた。

こきやがれ……。

忠吉は、胸の奥底で湿った舌打ちをした。

友垣にも、話せないこと、語れないことはある。誰もが、ひとりで生れ、ひとりで死んでいく。苦しみも、怒りも、哀しみも、自分だけのものだ。誰かに背負ってもらったり、分かち合いたいとは思わなかった。

まったくもって、
こきやがれ……であった。

五

ようやく恢復《かいふく》して、忠吉は長屋から出ることができた。

日暮れが迫っている。

夕陽《ゆうひ》は、無闇《むやみ》にせかされている気がして、どうにも好きにはなれない。この歳になってみると、なおさらであった。

それでも、寝ていることに倦《う》み果《は》てて、自分の足で歩きたかったのだ。

(ずいぶん、懐かしい夢を見たもんだ……)

あのあと、父が武家の株を買ったことで、忠吉は同心になった。

それから半年ほどして、小春が嫁にやってきた。

信じられなかった。幸せであった。夢に見た恋しい女と、二人の子供までもうけることができたのだ。

だが、幕府より内偵の密命が下り、小春は女中に扮して大奥へと送り込まれることになった。

お上には逆らえなかった。

ただ、離縁した、と子供や周囲に告げただけであった。

(わしは、どこにむかってんだ?)

忠吉の足は、元女房のもとへむかおうとしている。小春は、病気を機に大奥での役目を免ぜられ、療養に専念しているのだという。

だが、どうやって会えばいいというのか……。

「おう、忠吉っつぁん!」

「もう身体はよいのか？」

弾七郎と雄太郎に、本町通りの角で出くわしてしまった。

「なああ、聞いてくんな。雄の字なぁ、あの女に捨てられやがったぜ。年甲斐もなく閨《ねや》がしつけえってよう、逃げられやがったんだぜ」

「ふん……弾七こそ、お葉殿に愛想を尽かされたばかりではないか。小銭を投げつけられて、出ていけと」

「ち、ちがわい！　戯作《げさく》で忙しくなってきたから、たまには余所《よそ》で呑んできなって銭渡されただけでぃ！」

「いや、投げつけられておった。わしの眼はごまかせん。そも、〈酔七《よいしち》〉で騒ぐのはともかく、まあ、褌を脱いでふりまわすもよいとして……その脱ぎたての生温かな褌を〈酔七〉の縄のれんの代わりにぶら下げる悪戯は、さすがにやりすぎであったと思うがな」

「ちがわい！　ちがわい！　ばーろばーろばーろ」

あいかわらず他愛もない。老いらくの煩悶など、このふたりには縁がないらしい。

ひとりで悩むのが馬鹿らしくなってきた。

その夜、三匹は朝まで呑み歩いた。こんなときのために友垣はいるのだ。

「弾七、脱ぐな脱ぐな。かんべんしてくれ」

「おう、忠吉っつぁん！　またお葉が挿し絵を頼みたいとよ」

「ああ、悪いが、もう受けられねえ」

「な、なんでだよ？」

忠吉が描く女は、すべて小春なのだ。同じ顔しか描けないのだ。絵で描いた小春への恋文のようなものであったのだ。

「もうな……絵なんてなぁ、手仕舞いにすんだよ」

第六話　冬支度

一

秋は深まりつつあったが、まだ紅葉《もみじ》には間があるころ――。

どしゃぶりであった。

風も強い。

大雨、というよりは、嵐《あらし》であった。

横から殴打するような激しい風と雨によって、藪木《やぶき》道場《どうじょう》の柱は軋《きし》み、天井は揺れ、板壁がたわんで暴れていた。

雄太《ゆうた》郎《ろう》は、なんとなしに眼《め》を覚ました。

嵐程度で、熟睡を妨げられるほど柔弱ではない。胆を練り上げた剣客は、眠るときには赤子のごとく眠るものだ。その代わり、わずかでも危険を察知すれば、一瞬の滞りもなく頭と四肢が覚醒《かくせい》する。

隣の勘兵衛《かんべえ》も起きた気配であった。

雄太郎は、朝から吹き荒れる強風に釣りどころではないと諦《あきら》め、本郷の道場で息子に稽古《けいこ》をつけていると、外では雨が降りはじめてしまい、長屋に帰るのも億劫《おっくう》になって泊まることにしたのだ。

(たまには息子と酒を酌み交わすのも悪くない)

そう思ったのだ。女と別れたばかりで、ひとり寝の寂しさもあったが……。

雨と風の音に混ざって、

「……どうする?」

「道場の中から火をつければよいさ」

「面倒だ。皆で打ち壊そう」

などと不穏なやりとりが聞こえてきた。

雄太郎と勘兵衛は、そろりと起き上がった。壁に掛けていた木刀を手にすると、木戸の前には立たず、両端で待ち伏せる。

押し込みの相談をしている賊たちも、まさか屈強な大男がふたりも道場で寝ているとは思わなかったのであろう。

つっかい棒すらない。木戸はあっさり開いた。

ひとり、ふたり……。

三人目の賊が板間に入ってきたとき、雄太郎はその脛《すね》に木刀を叩《たた》き込んだ。

ぐあっ、と悲鳴があがった。

挨拶《あいさつ》もなく、土足で道場に踏み込んできたのだ。脛を砕かれても文句はあるまい。

同時に、勘兵衛も動いていた。

獲物は先に入ったふたりの賊である。声もたてずに襲いかかり、稲でも刈るような気軽さで叩《たた》き伏《ふ》せていた。

「どうした？　なにがあった？」

「こ、こんなところにいたぞ！」

「ええい、道場ごと潰《つぶ》してしまえ！」

老剣客は、こちらから打って出ようと思ったところ、

「むぅ」

と、やや困った顔をした。

こう暗くては気配に頼るのみで、はっきりとはわからなかったが、さほどひろくもない藪木道場の庭先に、十数人ほどの凶気がひしめいていたのだ。思ったよりも数が多いようである。

「勘兵衛よ、わしは外で遊んでくる」

敵の同士打ちを誘うため、雄太郎は単身で飛び込むつもりであった。

「父上、道場はお任せあれ」

「うむ」

老剣客の巨躯《きょく》が、雨のどん帳を突き破った。

二

翌朝は、からりと晴れ渡った。

激しい雨風に埃《ほこり》を洗い落とされた空気は清々しく、無数の鏡を敷き詰めたように路地の水たまりが輝いていた。

藍染《あいぞ》めの空には、雲ひとつ浮いていない。

すべての鬱屈《うっくつ》が吹き飛ばされ、新しい人の世のはじまりでも予感させる晴れ晴れとした天気であった。

だが、本石町《ほんごくちょう》で金貸しを生業《なりわい》とする吉二《きちじ》は、慌てふためいて出先より戻ってきた手代から、とんでもない報《しら》せを聞かされてしまった。

「な、なんですって……！」

吉二は腰を抜かし、魂を抜かれたように茫然《ぼうぜん》としながらも、同心の兄に相談すべきかどうか虚《うつ》ろな眼で心算していた。

居酒屋〈酔七《よいしち》〉で、三匹の隠居たちはシワ深い顔を突き合わせていた。

「どうする？　さあ、どうしたらよいのだ？」

雄太郎の声は煮え立っていた。

昨夜、道場に襲撃を受けたとき、みずから敵中へ躍り込んだ雄太郎が木刀を手槍《てやり》のように使って数人を殴り倒すと、恐慌を呈した敵は狙《ねら》い通《どお》りに同士打ちを起こし、負傷した仲間を担いで逃げ去っていった。

息子の勘兵衛も道場へ押し入った賊と対峙《たいじ》し、これを見事に撃退していた。が、雄太郎のように無傷とはいかなかった。

切傷を数ヶ所、さらには床板を踏み抜いて足をくじいてしまい、しばらくは走ることもできない体たらくである。

ただでさえ傷んでいた古道場も半壊してしまった。

雄太郎は、これを肴《さかな》にして、二匹の友垣と呑もうと〈酔七〉に寄ったところ、こちらはこちらで笑い話にもならないことが起きていたのだ。

「きまってらぁ！　番所へ殴り込みよ！」

眼を血走らせ、弾七郎《だんしちろう》が吠《ほ》えたてた。

いきり立つのも無理はない。

愛妻のお葉《よう》が、役人の手に捕えられてしまったのだ。居酒屋の二階にも捕方《とりかた》が踏み込み、証拠を押収すると称して荒らしまわったおかげで、泥棒にでも押し込まれたような惨状になっていた。

「待ちなよ、弾さん」

忠吉は友垣をなだめた。

こういうときこそ、平静さを失ってはならないのだ。

「番所を蹴破《けやぶ》って、お葉さんを助け出すのはいつでもできる。だが、そいつをやっちまったら、ふたりとも江戸にはいられなくなる」

「けぇっ！　江戸なんざぁ、いつでも捨ててやらあ！」

「弾七、落ち着け。忠吉は、なにか裏があると踏んでおるらしい。番所を襲うのは、それがわかってからでも遅くないではないか」

「ああ、どう考えても妙な話だからな」

忠吉は、白い不精髭《ぶしょうひげ》の生えた顎先《あごさき》を指でかいた。

「お葉さんは木挽町《こびきちょう》の一座に頼まれて芝居を書き、それがご政道を批判するけしからぬ内容だとして、作者のお葉さんと依頼した座頭《ざがしら》がそろってお縄になった。そうだな？　だが、お葉さんは、芝居の内容について、何度か打ち合わせをしただけだ。それなのに捕まった。こりゃ、どういうことだ？」

「誰かが、お上に密告したということだろうな」

「雄さん、わしもそう思うよ。だがな、寛政《かんせい》のときだって、これほど無体なことはなかったはずだ」

寛政の文人弾圧で、たしかに洒落本《しゃれぼん》は衰退していったが、松平定信《まつだいらさだのぶ》が老中を退いたのちは、次々と新たな才の戯作者《げさくしゃ》が出現していた。

滑稽本《こっけいぼん》の十返舎一九《じっぺんしゃいっく》、山東京伝《さんとうきょうでん》の弟子である曲亭馬琴《きょくていばきん》、古典「源氏物語」を下敷きにした「偐紫田舎源氏《にせむらさきいなかげんじ》」で評判をとった柳亭種彦《りゅうていたねひこ》など、文化文政《ぶんかぶんせい》を経て、読本はますますの興隆を迎えているのだ。

弾七郎は厭《いや》な顔をするであろうが、松平定信の学問奨励策によって、江戸市中で手習い所が激増したことも、読本の楽しさを民衆にひろめていたはずである。

「しったこっちゃねえや！　お葉が泣いてんだよ。おれにゃあ、わかんだよ。だから、ゆかせてくれよ！」

「ええい、これ、落ち着けというに」

「弾さん、せめて番屋の様子を見にいってる洋太《ようた》が戻ってくるまで待ってくんな。とにかく、わからねえことが多すぎる」

「うるせぇ！　おれぁ、やるったらやるんでぇ！　放しやがれ！」

枯れ枝のような手足をふりまわして暴れる弾七郎を、忠吉と雄太郎がふたりがかりで押しとどめていると、

「お邪魔する」

意外な客が居酒屋に入ってきた。

秋の使者かと思わせる涼しげな容貌《ようぼう》であった。着流しに粋《いき》な黒羽織で、袴《はかま》はつけていない。その隆とした姿は、町奉行所《まちぶぎょうしょ》でお馴染《なじ》みの同心であった。

「吉嗣《よしつぐ》！」

「父上、わかっております」

吉嗣は軽く手を上げ、眼を剝《む》いて問いただそうとする父親を制した。

そして、弾七郎へ慇懃《いんぎん》に頭を下げた。

「弾七郎殿、ご内儀への嫌疑は濡《ぬ》れ衣《ぎぬ》に相違ありませぬ。政道批判の証拠はなく、そもそも密告した者からして行方《ゆくえ》しれず。あきらかに我らの不手際。町方《まちかた》の者として、深くお詫《わ》び申し上げる」

「だ、だったらよぅ……」

弾七郎の表情が、思わず安堵《あんど》でゆるんだ。その矮軀《わいく》から力が抜け、雄太郎の太腕にぶら下がるような格好になる。

「むろん、しかるべき詮議《せんぎ》を経て、必ずや解き放たれる筋合いのもの。されど……ここは、しばらく猶予を願いたいのです」

「あ？　どういうこった？」

弾七郎の眼に、ふたたび険が灯《とも》った。

忠吉は、息子の眉間《みけん》に苦衷が刻まれるのを見ていた。

「吉嗣よ、なにがあった？」

むしろ、優しく問うた。

「恥をさらすようですが、与力の加藤《かとう》様に賄賂《わいろ》の疑いがかかり……配下の同心としては、うかつに動くことがままならなくなりました。ですが、加藤様は実直なお方。これも濡れ衣だと、私は信じております」

「つまり、陥れられたということか？」

雄太郎がたしかめ、吉嗣は首肯した。

目付《めつけ》より告発あり——とのことらしいが、吉嗣が見たところ、さらに上の方から強い嫌疑が降りてきたらしく、町奉行所《まちぶぎょうしょ》としても一応の詮議はしなくてはならないことになったようであった。

「父上、さらにひとつ、由々しきことが」

「どうした？」

訊《き》きながら、忠吉の胸に厭な予感がひろがった。

「本日、事態が判明したばかりのようですが、吉二の店が〈大名貸し〉の貸し倒れに遭ったとのことです」

「なんと……！」

忠吉は絶句した。

吉二は、忠吉の次男であり、吉嗣の弟でもある。金貸しを生業として、お葉の板元である〈瑞鶴堂《ずいかくどう》〉の金主でもあった。

それが、ある大名に貸した巨額の金を踏み倒されたというのだ。

今の老中首座は、水野忠成《みずのただあきら》である。松平定信と対立していた田沼意次《たぬまおきつぐ》派に連なり、田沼時代を上まわる贈賄を横行させている張本人であった。

口煩《くちうるさ》い宿老《しゅくろう》がいなくなったことで、将軍家斉《いえなり》も遠慮なく奢侈《しゃし》に耽《ふけ》り、幕府の財政は悪化し、物価の高騰を招いていた。

上がそうであれば、下も従うは必定である。

各大名は贈賄費用に財政を圧迫され、商人の懐に頼ることになる。商人としても、小口の町人より、大名相手のほうが実入りは大きいのだ。

だが、武家は商いに疎い。

金がないから借りるのだ。

武家の体面を保つため、しかたなく賂《まいない》を贈るのだ。

贈賄を使うことで、より多くの利を得る術は知らない。よって、借金を返すこともできず、やむなく踏み倒す所業に出ることも珍しくはなかった。

大名への融資には、この手の危険がつきまとうものであったが、手堅い相手と見込んで油断していたところ、見事にしっぺ返しを食らったのだ。

証文をたてに請求したところで、金貸し風情が武家を脅迫したとして、かえって処罰を受けることも考えられた。よって、金は戻らないものと考え、泣き寝入りするしかないであろう。

「どう思う？　偶然とは思えんが」

雄太郎が、きな臭そうに顔をしかめた。

三匹の家族が、次々と災難に遭っているのである。

弾七郎も、やや冷静になってつぶやいた。

「狙《ねら》い撃《う》ち、だな」

「わしの道場が襲われたことも、無関係ではなさそうだな」

「吉嗣や、もう少し、詳しい話を聞かせてくれるか。まあ、おまえのことだ。黒幕の目星くらいはついておるだろう？」

「私も、そのつもりで参りました」

吉嗣同心は、微笑すら浮かべず、生真面目な顔でうなずいた。

三

とっぷりと陽が暮れていた。料亭からの帰り道である。

くっ、くくっ……。

駕籠《かご》に揺られながら、〈紀伊屋《きいや》〉宗右衛門《そうえもん》は笑いを噛《か》み殺《ころ》していた。

愉快で、可笑《おか》しくて、たまらなかったのだ。

料亭では、紀伊国《きいのくに》江戸屋敷の用人《ようにん》である服部弥二郎《はっとりやじろう》と密談してきたところだ。大国だけに、一介の用人であっても、その権限は馬鹿にできない。野心家で、目先の損得に弱く、上役の機嫌とりが取り柄の小者にしろ……。

宗右衛門にとっては、紀伊の商利に食い込むための大事な手蔓《てづる》であった。

紀伊徳川家は、真っ二つに割れている。

文政六（一八二三）年、紀《き》ノ川《かわ》流域で勃発した百姓一揆《いっき》の責をとり、紀伊の国主であった徳川治宝《とくがわはるとみ》は隠居の身に退いた。

新しい国主は、将軍家斉公の七男にして、御三卿《ごさんきょう》のひとつ清水《しみず》家から養子としてもらい受けた徳川斉順《なりゆき》であった。

しかし、治宝は、隠居後も実権を手放さなかった。そればかりか、専売事業や利権も掌握し、治政へ強い影響力を持ちつづけた。

主君の斉順としては、これが面白いはずもない。斉順自身、贅沢《ぜいたく》を好むだけに、独自の資金源がほしくてたまらなかった。

そこに、宗右衛門の付け入る隙《すき》ができたのである。

（そうとも。江戸から逃げ出した私は、紀州の親戚《しんせき》を頼って懸命に働いたさ。まだ若く、やり直しのきく歳《とし》だった。お江戸では、誰もが羨《うらや》む大店《おおだな》の若旦那《わかだんな》が……遊ぶ金に不自由したことはなかったし、黙っていても女は寄ってきたのに……）

廻船《かいせん》を営む親戚の家では、穀潰《ごくつぶ》しが転がり込んできたと迷惑がられた。罪人の子と蔑《さげす》まれ、下男のようにさんざん酷使されて、残りものの冷や飯にありつくのが精いっぱいの日々であったのだ。

（あのとき、飢饉《ききん》の騒動がなければ、どうなっていたか……）

宗右衛門は、ようやく好機を摑《つか》んだのだ。

商人は蔵に米をため込み、民衆は餓えた。物の値が暴騰し、怒った民衆は船問屋などを打ち壊してまわり、宗右衛門は巧みに立ちまわることで、紀州で廻船利権の一端を摑むことができた。

当時は徒目付《かちめつけ》であった服部弥二郎と手を組んで、どんなに汚いことでも平気でやった。あの商家が大量の米を隠していると民衆を扇動し、弥二郎に不正をでっち上げさせて、廻船問屋《かいせんどんや》の主人を自殺に追いやったこともあった。

（ふふ、おかげで、服部様は、そのとき荒稼ぎした金を賄賂に使って、斉順公の江戸《えど》詰用人《づめようにん》になることができたし、私も江戸へ舞い戻って、本八丁堀に〈紀伊屋〉の店を構えることができた。ああ、うれしかったね。ようやく江戸に帰れたんだからさ。しばらくは、表の商売も楽しかったけど……）

賭《か》けのような投機は避け、細く、浅く、手広い商売を心がけた。薄利多売。けっこうだ。派手にやりすぎると、なにかと散漫になって、身上を潰してしまうものである。

派手な遊びもしなかった。ただし、遊びの手伝いはする。見目のよい妾《めかけ》などを探してきて、高禄《こうろく》の旗本衆や豪商の主人に紹介するのだ。

服部弥二郎に仲介させて、秘かに〈大名貸し〉もやった。中間《ちゅうげん》を使って、市中の博徒と繋がって賭場を開いたりもした。

（それもこれも、紀伊国の後ろ盾があればこそ……その旨味《うまみ》を知ってしまえば、もう後戻りはできないさ。裏から世間を操る快感……ふ、ふふふ……表の商売なんて、遊びのようなものさね）

売り払う女が少なくなれば、〈お伊勢参り〉を騙《かた》って町娘を勾引《かどわ》かした。市中の賭《と》場《ば》が潰されたことで、屋形船を賭場として貸し出す計画を立てることにした。

止まらなかった。

どこかで破綻《はたん》する。

そんな予感もあった。

だが、宗右衛門は止まらなかった。

贅沢を求めたわけではない。そんなものは二の次だ。自分の知恵が金に変わる。金があれば、物が動く。人が動く。役人であっても自分には逆らえない。誰であろうが、損得を考える頭があれば、金の魅力に抗《あらが》えるはずがなかった。

金銭の魔にとり憑かれ、すでに正気を失っているのかもしれない。

きっかけは、やはり、立派な商売人であった父の死であろうか……。

父を殺したのは、宗右衛門の母であった。

父が女遊びをした。それだけの、つまらない理由であった。

母は獄門台《ごくもんだい》送りになった。当然のことである。

商い上の不祥事が露見して店も潰された。父が健在であれば、そんな不手際など起こらないはずであった。

若い宗右衛門は、なにもかもを失ってしまった。

（お葉も……）

弾七郎という卑しい役者と駆け落ちをしなければ、宗右衛門の妻におさまっていたはずの女である。

駆け落ちしてくれて、よかったのだ。お葉も女だ。必ず裏切ったにちがいない。もしかしたら、自分を刺し殺していたかもしれないのだ。

しかし、一抹の口惜《くや》しさが苦く舌先に残った。

その苦味は薄れるどころか、時が経《た》つごとに濃くなっていった。

自分のものになるはずの女であった。なにかしらの処分を下すとすれば、宗右衛門自身の手でやるべきであった。その機会をむざむざと奪われた。きっと、甘美であったはずのことを……。

（いや……もう、どうでも……）

そんなことは、どうでもよかった。

あの三人の老人たちが、宗右衛門の商いを邪魔するようなことさえなければ、忘れていたはずの女であった。

この春先に――。

勾引かした町娘たちを押し込めた屋形船が見つけられ、妾の売買をしばらく休止せざるをえなくなった。本格的な夏に入る前に、少なくない金と人を注ぎ込んで構築した本郷の賭場は、大々的な摘発を受けて壊滅してしまった。

宗右衛門が調べさせたところ、三人の奇妙な老人と、その家族らによってもたらされた災いであったことが判明した。

(そのひとりが、私からお葉を奪った役者だったとは……!)

それを知ったとき、宗右衛門の胸中に、自分でも驚くほどの激情が突き上げたのであった。どうにかして、お葉を奪い返したかった。近所の悪童にお気に入りの玩具《おもちゃ》を盗まれた子供のような復讐心《ふくしゅうしん》をどうすることもできなかった。

だが、その計略は失敗した。

宗右衛門は、ますます弾七郎たちを憎んだ。だから、今度はこそ片をつけるつもりであった。そのためには費えを惜しむつもりはなかった。

破落戸《ごろつき》を雇って本郷の藪木道場《やぶきどうじょう》を襲わせた。地本問屋《じほんどいや》〈瑞鶴堂〉の買収を邪魔した金貸しの吉二には、大名貸しの儲《もう》け話があると持ちかけて罠にかけた。金に困っている木挽町の一座を抱き込んで、お葉に芝居を書かせるように依頼させ、座頭ともども摘発させた。

忠吉老人の息子だという同心が、〈紀伊屋〉のまわりを探っていると知って、上役の与力に賄賂の疑いありとして詮議にかけさせた。

どれも悪戯のようなことばかりだ。

しかし、宗右衛門は愉《たの》しんでいた。

（さて、次はどうしてくれよう）

老人どもが、同じ長屋《ながや》に住んでいることも知っている。

（いっそ、長屋ごと焼き殺してやろうか……）

夢想しただけで、たるみはじめた下腹が、報復の愉快にうち震えた。

そのとき――。

「うっ……」

駕籠かきの足が止まって、宗右衛門の身体《からだ》が前へと泳いだ。

「これ、どうしたのですか？」

問いただしたが、応《こた》えはなかった。

その代わり、駕籠が降ろされた。いや、乱暴に落とされた。その衝撃で、うっ、と舌を嚙《か》みそうになる。駕籠が大きく傾き、宗右衛門の身体《からだ》は、右の筵《むしろ》を頭で突き破るようにして転がり出てしまった。

叱《しか》りつけてやろうとしたが、駕籠かきの逃げ足は速かった。たちまち走り去る足音が後ろへと遠ざかっていく。

「なにが……」

起きたというのか？

困惑し、茫然とした。

鈍いことに、まだ身の危険を感じていなかった。

悲鳴を上げる暇もなく、筵を頭からかぶせられた。

（ひぃっ）

息が苦しい。恐怖で身がすくみ、震えが止まらなかった。縄で縛り上げられて、たちまち簀《す》巻《ま》きにされてしまった。

宗右衛門は、自分が勾引かされたと知った。

力強い腕で持ち上げられ、どこかへ運ばれていくようであった。自分は商人だ。力に抵抗する術《すべ》などあるはずもなかった。石段を降りていくような振動があり、水の流れる音が聞こえてきた。

川堀である。

ようやく降ろされ、ひどく窮屈なところに押し込められた。揺れている。どうやら小舟に乗せられたようであった。

「勾引かしとは、存外つまらぬな」

「弾さん、舟をまわしてくんな」

「おうよ。尋問は任せたぜ」

しゃがれた老人たちの声であった。

（ま、まさか……）

宗右衛門の顔を覆っていた筵が乱暴に引き上げされた。

夜空が見え、少しだけ息が楽になった。

「大声を出すな。よいな？」

そう訊いたのは、宗右衛門の店で、忠吉と名乗った老人であった。

宗右衛門は、小刻みに顎を震わせる。

うなずいたつもりであった。

「よしよし、そう怖がることはないぞ。これから、わしらが訊くことに答えてくれればよいのだ。安心せい。下手に隠し事をせず、素直に洗いざらい話せば、指一本欠けることもないであろう」

巨軀の老人が、なだめるように言った。

雄太郎という恐ろしい剣客である。

隠し事をせず？　洗いざらい？　馬鹿な！　そんなことをすれば、怒り狂った彼らに殺されてしまうかもしれないではないか！

宗右衛門は、すがるような声で哀願した。

「か、金なら、いくらでも払いますよ。ええ、そうですとも。いくらでも……で、ですから、お願いですから……」

もちろん、空手形である。

今だけは、土下座でもなんでもしてやろう。いくら頭を下げたところで、それはただである。謝罪の言葉を大盤振る舞いしてもいい。

（愚かな老人どもだ。わざわざ墓穴を掘ってくれるとは）

この場さえ切り抜ければ、こちらのものであった。お上に申し出れば、三人の老人は牢屋送りを免れることはできないのだ。

顔は脅えを装い、どす黒い喜悦が胸中に膨れ上がった。

「ああ？　そうやって、なんでも金で片づくと思うから、こんな目に遭っちまうんだぜ。意地は金じゃ買えねえよ。んん……いやぁ、買えなくもねえか。でもよぅ、おれたちは高えぞ？」

揶揄《やゆ》する声は、小舟を操る弾七郎のものであった。

「無法な……このような非道を……！」

それに答えたのは、忠吉老人であった。

「無法となと？　あんた、前にも同じことをほざいたな。むろん、法には従うとも。刑罰も受けようさ。それに値することをやらかして、白州《しらす》でお裁きが下ったのであればな。わしは法の番人であった。かつて、法の飼い犬であった。今は、しがない隠居さ。気楽な野良だ。だから……だからな、いつでも好きなときに嚙みつけるってもんさ。……なあ？」

おだやかで、優しげな声であった。

だが、宗右衛門のまたぐらは失禁でもしたように冷えきった。

「こ、これで、あなたたちは、もう終わりですよ！」

月光の下で微笑《ほほえ》む老人が、恐ろしい生き物のように思えてならなかった。肛門《こうもん》がすくみ上がり、口の中に苦い味がひろがっていく。降伏の演技をかなぐり捨て、虚勢を張らなければ耐えられなかった。

「ええ、そうですとも。軽くても重追放……いいえ、なんとしてでも獄門台送りにしてやりますよ。お、覚えておきなさい。商人を敵にまわすとどうなるか。しょせん、あなたたちのような破落戸《ごろつき》には――」

きらり、と老剣客の手元が光ったかと思うと、

「ひっ」

宗右衛門の鼻先が、かすかに痛んだ。

どろり、と。

生温かなものが鼻の下から唇へと流れる。血の味だ。大福帳には記されず、算盤《そろばん》では弾《はじ》けない、脈動する生き物の味であった。

「悪いが、じじいは気が短いのだ」

そうつぶやいた老剣客の刀は、すでに鞘《さや》へと戻っている。居合の知識はなくとも、斬《き》られたことはわかった。狭い猪牙舟《ちょきぶね》の中で、なんという技量なのか、と驚嘆する余裕すらなかった。

恐怖が、一気に決壊した。

「殺すのですか！　この私を！　人であれば、このようなことは……ひ、ひひひ、人でなし！　あなたたちは人でなしです！」

「へっ、生憎《あいにく》だな。おれたちゃ隠居なんだよ。向こう見ずな餓鬼《がき》とおんなしで、人なんておこがましいもんじゃねえんだよ」

弾七郎がうそぶいた。

「さて、なにもかも、とっくりと吐いてもらおうか」

忠吉の眼に怖い光が灯る。

ざっ、と夜風が吹き抜けた。

川の水面《みなも》もざわめく。

四人を乗せた猪牙舟は、静々と橋の下をくぐっていった。

雄太郎の脅しが効いたか、宗右衛門はすっかりおとなしくなり、すべての企《たくら》みを素直に吐いてくれた。

「忠吉よ、さすが尋問には慣れておったな。絵を描《か》いておるときより、ずいぶん楽しげな顔をしておったぞ」

「あたりきよ、雄さん。絵描きは道楽だが、悪党を追いつめるのは、わしの生き甲斐《がい》であったのさ。生き甲斐が楽しくないわけがねえ。家族を守るためとなりゃ、なお痛快ってもんさ」

「うむ、それも道理だ」

「へっ、ちげえねえや」

三匹は、狭い舟の上で楽しげに笑った。

吉嗣同心は、この春に頻発していた勾引かしが、じつは大がかりな組織によるものではないかとにらんでいたらしい。

不逞《ふてい》浪人どもを操っていたのは誰なのか、娘たちを押し込めていた屋形船はどこで調達されたのか……岡っ引きを使って巧妙な偽装を解きほぐし、ようやく裏に〈紀伊屋〉宗右衛門が関《かか》わっていることを突き止めていた。

そして、〈紀伊屋〉の裏に、紀伊徳川家が繋がっていることも……。

だからこそ、三匹の隠居たちは、吉嗣同心から話を聞くや、迷うことなく宗右衛門をさらったのであった。

四

とうに夜半をすぎていたであろう。

潮の香りが強く鼻先につく。

三匹の隠居は、築地にある紀伊徳川家の蔵屋敷にきていた。

文政十二年の火災で、木挽町の蔵屋敷を焼失した紀伊徳川家は、紀州より船で運ばれてくる物産の保管所を失ってしまい、蛎殻町《かきがらちょう》の屋敷と同時期に幕府から旧堀田《ほった》家中屋敷の敷地を拝領したものである。

町家を挟んで西本願寺があり、南側は水路を挟んで松平安芸守《あきのかみ》と一橋家の屋敷があった。

「でもよぅ……」

弾七郎は、手ぬぐいで猿ぐつわをかまして連れてきた宗右衛門をなんともいえない眼でじっと見た。紀伊屋の主人には、まだ果たしてもらわなくてはならない役目が残っており、ここまで連れてこなくてはならなかったのだ。

「もしかしたら、おれがお葉と出会わなけりゃ……いんや、親のどちらかが生き残ってたら、こいつはこんなことにはならなかったのかね？　それともよぅ、商売で儲けすぎると、頭がどうにかなっちまうってことか？　餓鬼の時分に戻ったみてえに、よいも悪いもわからなくなっちまったのか？」

心優しい老役者は、まだそんなことを気にかけていたらしい。

「いや、ちがうな」

雄太郎は、眉間にシワを寄せ、力強くかぶりをふった。

「世間知らずの若旦那が、母の凶行によってすべてを失い、女そのものに恨みを抱くようになったということでしかあるまいよ。誰しも辛《つら》いときには、人の情が身に沁《し》みるものだ。だが、それだけのこと。誰かが手を差し伸べてくれようと、どちらかの親が生き残っていようと、どん底から這《は》い上がるのは、自力によるものでしかないのだ」

　ふたりの解釈を聞いて、忠吉はほろ苦く笑った。この歳になっても、どこか青臭い心を残している友垣たちが好ましかったのだ。

「弾さん、雄さん……そんなこたぁ、どうでもよいのさ。割り切れようが、割り切れまいがな。人のやらかすことよ。なんの、言葉なんかで解けることかよ」

　三匹の声など聞こえないかのように、宗右衛門は虚ろな眼でうつむいていた。

　この宗右衛門も、よくわからない男であった。

　お葉のことなど、そして無力な隠居老人のことなど、昔にけつまずいた小石とでも思って、放《ほう》っておけばよかったのだ。

　たしかに、金が万能の世の中である。人を策謀によって陥れることはあっても、自分だけは無事であると無邪気に信じているのかもしれなかった。

　だが、それも、三匹にはどうでもよいことであった。

「お葉さんが、ここに運ばれたのはたしかなのだろうな？」

　忠吉が蔵屋敷の門にむきなおって訊くと、弾七郎は長い顎先を縦にふった。

「まあ、洋太が嘘《うそ》をついてなけりゃあな」

　洋太は、義母が押し込められた番所を歯がみしながら見張っていたが、武家の者が数名やってきて、お葉を連れ出すところを目撃したという。

そして、そのまま気取られることなく追跡し、小伝馬町《こてんまちょう》の牢屋敷《ろうやしき》ではなく、この蔵屋敷まで護送されていくのを見届けたのだ。

となれば……。

（お葉さんに正規の詮議はない、ということになるではないか……）

もはや奉行所を頼るわけにはいかなかった。

役人にも心ある者はいる。だが、町人よりも武家の体面が優先されることを老人たちは知り尽くしていた。

ならば、三匹の隠居たちが動くしかなかった。

勘兵衛は怪我《けが》で動けず、朔《さく》は屋敷から出ないように武造《たけぞう》と岡《おか》っ引《ぴ》きの亀三《かめぞう》に頼んでおいたから、安心して襲撃をかけられるというものだ。

蔵屋敷に殴り込み、お葉を救い出す。処罰は覚悟の上だ。暴れるだけ暴れ、邪魔する者があればたたき伏せる。

宗右衛門はもちろんとして、三匹が敵と見定めるべきは、服部弥二郎という紀伊徳川家の用人であろう。

どんな結末になるとしても、拝領屋敷に斬り込まれれば、幕府の処罰を怖れて表沙《おもてざ》汰《た》にできない大名の負けなのである。もっとも、屋敷の中で殺されれば、闇から闇へと葬られることになるが……。

「おい？　さあ、どうするよ？　ええ？」

「うむ、やるしかあるまいよ」

「隠居の娯楽相手にしては、ずいぶんな大物だがな」

そろそろ動く頃合いであった。

老人たちの夜は短いのである。

弾七郎が腰に差していた長脇差《ながわきざし》を引き抜くと、宗右衛門の猿ぐつわを鮮やかに斬り落とした。手で外してもよかったが、今宵《こよい》ばかりは竹光ではない、と念を入れて威嚇しているのだ。

幸いなことに、蔵屋敷は海に面していた。風のうなりも激しく、多少の騒ぎを起こしたところで、外に漏れる気遣いはない。

宗右衛門に、前もって言い含めた口上を叫ばせた。

「もうし！　本八丁堀〈紀伊屋〉の宗右衛門でございます！　御用人の服部弥二郎様に危急の御用が！　お取り次ぎを！　お取り次ぎを！」

門脇《かどわき》の潜戸《くぐりど》を叩かせた。

門番からの返答はなく、物見窓から覗き込もうとすらしなかった。

三匹は顔を見合わせた。

「もぅし！　もぅし！　お取り次ぎを！」

なおも叫ぶ宗右衛門を下がらせて、雄太郎が潜戸に耳をつけた。

「妙だ……」

雄太郎は、そうつぶやくなり、潜戸を蹴りつける。

あっけなく開いた。なんと閂《かんぬき》さえかかっていなかったのだ。

「忠吉《ただき》っつぁん、どういうこった？」

「わからねえ」

「ゆくぞ！」

雄太郎が蔵屋敷に飛び込んだ。

忠吉も弾七郎も、あとにつづくしかなかった。先に弾七郎が戸をくぐり、忠吉は人質の宗右衛門を引っぱっていく。

「なんと……！」

意外な光景を前に、雄太郎が驚いた声を出した。

外から運び込んだ荷をいったん置くための場所である。夜目にも広々として見通しがよく、紀伊国の家臣らしき者たちが十人ほど集結しているところを月光が青白く照らし出していたのだ。

「待ち構えてやがったのか……！」

「いや、待て。様子がおかしいぞ」

紀州武士たちは、彼らに背中を見せていた。

きら、きら、と闇夜《やみよ》に光るものがある。

抜き身の刃だ。

海風のうなりに混ざって、きぃん、と鋼の音が響いて聞こえた。

（こりゃ……内紛でも起きてんのか？）

忠吉がそう思ったときである。

「狼藉者《ろうぜきもの》でございます！　狼藉者でございます！」

宗右衛門が大声でわめき散らした。

ようやく侵入者に気づき、家臣のひとりが驚愕《きようがく》の顔でふり返った。

「あ、新手か！」

「なに！」

「ええい、とにかく斬りふせい！」

三人ほどが、こちらにむかってきた。

忠吉は、宗右衛門を先頭の紀州武士へと蹴り飛ばした。もはや用済みだ。宗右衛門は前転びになり、その頭に蹴つまずいて紀州武士ひとりも転倒した。

「ぎゃぁぁっ」

悲鳴は宗右衛門のものである。紀州武士が倒れるときに、刀の切っ先が無力な商人の足を突き刺してしまったのだ。

雄太郎は、右側の紀州武士を抜き打ちで仕留めた。

どんな技を使ったのか、峰打ちでもないのに肉を斬らず、ただ殴り倒しただけのようであった。

「ふふ、紀州柳生封じの剣、試させてもらうぞ」

「……雄さんは、まったく頼りになる」

忠吉も一尺半の喧嘩煙管《けんかぎせる》を腰から抜いていた。みずから踏み込んで、左側の紀州武士へと一閃《いっせん》させる。

甲高い鋼の響き。

煙管で刀身を折ったのだ。

さらに素早く手のひらを返し、うろたえ顔になった紀州武士の首筋に、思いっきり硬い雁首《がんくび》を叩《たた》きつけて気絶させた。

ここぞとばかりに弾七郎が見得《みえ》を切った。

「やい、服部弥二郎め！　おうおう、よくも〈紀伊屋〉宗右衛門の悪巧みに加担しやがったな！　じじい三匹が成敗にきてやったぜ！」

余計なことをしてくれる、と忠吉は舌打ちした。

さらに五人の武士が、こちらに割かれることになったのだ。

雄太郎の巨体が飛燕《ひえん》のごとく動き、愛刀が夜風を両断する。

またひとり、どう、と紀州武士がたたき伏せられた。

（雄さん、ひとりも殺さねえで切り抜けるつもりか？）

忠吉は眉をひそめた。

雄太郎は老練な剣客である。人を斬ることにためらいはないはずであったが、ここは斬らないほうがよい、と勘がささやいたのかもしれない。

「ようようよう！　抜けば玉散る村雨丸《むらさめまる》でぃ！　さぁ、きやがれ！」

弾七郎も年季のはいった役者だけあって、殺陣《たて》の型がぴたりと決まっている。

長脇差の刃先から妙な威圧を感じて、よほどの達人と思ったか、紀州武士もうかつには斬りかかれないでいた。

しかし、やはり多勢に無勢である。

紀州武士は六人に増え、三匹を包囲しながら、じりじりと間合いを詰めてきた。

「それにしても、なにがどうなってんだ？」

忠吉のひとりごとに、雄太郎が答えた。

「わからん。だが、屋敷の中でも決闘がおこなわれておるようだ」

「忠吉っつぁんに雄の字よぅ、こりゃあ、もしかしたらよぅ、人様の宴会に飛び込んじまったのかもなあ」

段取りが狂ったというのに、弾七郎は呑気《のんき》なものである。

だが、幕切れは、あっさりとやってきた。

「服部弥二郎は自害したぞ！　刀を退けい！」

屋敷の中から、そんな大音声《だいおんじょう》が響き渡ったのだ。

三匹を包囲しつつあった紀州武士たちに激しい動揺がはしる。茫然と立ちすくみ、その場にへたり込む者もいた。

ひぃぃぃぃ、と宗右衛門が魂消《たまげ》るような声を漏らした。

「どうして……こんなひどい……私は……私は、ただ商いを……」

宗右衛門は腰を抜かしたまま、端正に老いた顔を醜悪に震わせ、狂乱に染まった眼を夜空にむけている。金だけが今世との繋《つな》がりであった亡者にとって、断末魔にも等しい絶望に満ちたつぶやきであった。

「ん？　終わったのか？　もう終わっちまったのかよ？」

弾七郎は、つまらなそうに長脇差を鞘に戻した。

「忠吉、そうなのか？」

雄太郎も刀を納めたが、油断なくあたりに目を配り、いつでも抜けるように気をゆるめていなかった。

「さあて……」

蔵屋敷の空気が一変してしまった。

ともあれ、なにかの決着がついたことは間違いないようであった。

「はいはい、ごめんなさいよ。はいはい、通してくださいな」

消沈の体となった紀州武士のあいだをぬって、商人風の男がそろりと姿をあらわし、三匹のほうへと歩み寄ってきた。

声は穏やかだが、五十がらみの険しい顔立ちであった。一介の商人とは思えない鋭い眼をしている。頬のたるみに疲労を滲《にじ》ませ、数日は剃《そ》っていないであろう髭《ひげ》がまばらに生えていた。

その顔を、忠吉たちは見知っていた。

「あんた、〈瑞鶴堂〉の……」

「ええ、藤次郎《とうじろう》でございます」

地本問屋の主人は、慇懃に頭を下げてきた。

「あんた、いったい――」

雄太郎が問いただそうとしたとき、藤次郎の後ろから何者かが飛び出した。しなやかな痩身《そうしん》で、素早い動きであった。とっさに三匹は身構えたものの、相手に武器はなく、しかも女だと気づいて驚いた。

「弾ちゃん！」

「お、お葉ぅ……！」

弾七郎は、よほど不安な思いをしていたらしい泣き笑いの愛妻にその矮軀《わいく》を抱きしめられ、うろたえ顔になっていた。

「このとおり、お葉様はご無事でございます。ささ、一通りのご用件も片づいたところで、今のうちに表へ出ましょう」

五

蔵屋敷を出て、また潮風に老骨をさらすことになった。

「こうなってしまっては、あなたがたにもご説明しておかなければならないのでしょうな。ようするに、あれですよ。紀伊徳川家のお家事情と申しますか……まあ、大掃除でございますな」

「紀伊屋から聞き出したが、当主と隠居の確執というやつか？」

雄太郎が、そう訊いた。

「ええ、紀州では隠居された治宝様が実権を掌握されておりますが、当主の斉順様もご自身の金蔵がほしくてたまらない。上がそうですから、斉順様の家臣もそうなるわけでして、服部弥二郎も用人の立場を利用して、あれこれと不正な金を集めては上役へ賂を渡していたようで」

なるほど、と忠吉はうなずく。

「それが目に余ってきたところで、幕府の処罰を怖れた隠居派の家臣どもが先に襲撃を仕掛けたということか……」

蔵屋敷の騒ぎを内紛と見た勘はあたっていたのだ。

「その通りでございます。御公儀だって、見るべきものは見ているのです。宗右衛門にしても、妾の斡旋や〈大名貸し〉くらいでしたらまだしも、勾引かしにまで手を染めたとなれば、さすがに見逃すわけには参りません」

「で、紀伊屋はどうなるんだ？」

弾七郎の問いかけには、

「ふふ、知らぬが仏……というところでしょうか。ともあれ、そうですな。本八丁堀の店は手仕舞いということになりましょうな」

と藤次郎は人を食ったような笑みを浮かべた。

「お葉様の釈放はもちろん、吉嗣様の上役である与力様も嫌疑は晴れるでしょうし、道場を壊された藪木様にもお見舞金が出ることでしょう」

「吉二はどうだ？」

忠吉は、次男のことも訊いてみた。

「ああ、あれはいけませんな」

藤次郎はかぶりをふった。

「〈金貸し〉として、客の筋の善し悪《よ》《あ》しが見抜けないようでは……勉強代として諦めていただくほかありません。それでも、吉二さんのことですから、きっと店を再興なさることでしょう」

同じ商売人として、なかなか手厳しい。

「うむ、だいたいのことはわかった」

「てえげえだがよ、合点だ」

「しかし、あとひとつだけ訊いておきたいことがある」

「はい、なんでございましょう？　忠吉様」

「あんた、御庭番《おにわばん》だな」

徳川吉宗《よしむね》が八代将軍を継いだ際に、当主であった紀伊徳川家から有事には鉄砲に弾薬を装塡する薬込役《くすりこめやく》の十数名を幕臣にとりたて、将軍直属の隠密衆としたことが御庭番の前身である。

将軍や御側御用取次の命を受けて、諸大名や代官所などの調査、さらには老中以下諸役人の行状や世間の風聞を収集することが役割であったが、それは今の将軍にも受け継がれているのだ。

紀伊国内での粛正劇とはいえ、御三家の動向に幕府が眼をむけていないはずがなく、将軍の命を受けて御庭番が動いても不思議ではなかった。

「んまあ、そうなの？」

お葉も驚いて眼を見開いた。

「はて……」

藤次郎はとぼけた。

もっと追及すべきか、と三匹が顔を見合わせたとき――。

「親父《おやじ》さん！」

「げぇ、洋太」

町屋の方から養子が駆けつけ、弾七郎に飛びかかってきた。生きて再会できるとは思っていなかったのか、洋太は涙の洪水で顔を濡らしている。

「は、放しやがれ！　ンのやろ！　放せってんだ！　みっともねえ！」

「親父さん！　よ、よくぞご無事で！　親父さん！」

弾七郎は、驚きつつも、嬉《うれ》しがり、照れ臭そうに顔をゆがめた。子犬のようにすがりつく洋太を蹴りつけ、なおも洋太は義父の足にしがみつく。まるで狂言芝居の一幕を見るようで、お葉はころころ笑っていた。

驚かされたのは、弾七郎だけではなかった。

「お琴《こと》……なぜここに……」

雄太郎は、別れたはずの女を前に、その巨軀を硬直させてしまった。

「ふふん、洋太さんが、のれんも出さないで青い顔してたからさぁ。すっかり白状させて、ここまで連れてきてもらったのさ」

「そ、そうであったか」

お琴は、艶《つや》っぽく潤んだ眼で、硬直したままの雄太郎を見上げた。

「馬鹿……」

「ん？」

「雄さん……あたし、心配したんですから……」

「んんっ？」

熱い女体に抱きつかれ、雄太郎は眼を白黒させていた。老練の剣客とはいえ、女の気まぐれには翻弄《ほんろう》されるしか術がないらしい。

忠吉が苦笑していると、

「忠吉様……」

藤次郎が、いつのまにか忠吉の背後に忍び寄っていた。

「じつは、あなたにお引き合わせいたしたい方がございます。このまま、おひとりで〈瑞鶴堂〉までおいでいただけませんか？」

「……わかった……」

ふり返ると――。

藤次郎の姿は、闇の中に消え去っていた。

「なんてえか、締まりねえ幕引きだな、おい……」

弾七郎のぼやきに同意しながらも、忠吉の幕引きは、これからであったのだ。

六

忠吉は、ふたりの友垣と別れ、〈瑞鶴堂〉に到着した。

世間は真《ま》っ暗闇《くらやみ》だ。

だが、夜明けの気配は刻々と迫っていた。

足元を冷気でなで上げられ、ぶるっ、と忠吉は肩を震わせた。肌寒い。そろそろ股《もも》引《ひ》きをはくべきか悩む時節になっていた。

むこうから呼び出したのだから、店の前あたりで藤次郎が待っているのかと思ったが、その気配すらもなかった。

（……どういうつもりかえ？）

地本問屋は世間を欺く仮の姿で、じつは隠密宿であったのだろう。

寛政のはじめごろ、目付配下で風聞収集と探索を任務とする〈町方掛〉が秘かに設置されたという。そんな噂話《うわさばなし》を、同心になったばかりの忠吉は聞いたことがあった。

だから、御庭番が市中に拠点を持っていたとしても驚くことではない。

もっとも、読本を扱う藤次郎の眼には、たっぷりと偏狭な愛情がこもっていたから、隠密宿は言い訳で、地本問屋が本命であったのかもしれないが……。

忠吉は、ふと気づいた。

木戸の端が、人ひとりすり抜けられるくらいに開いている。

――ご案内はできませんが、お好きに中へ入ってくださいな。

ということなのだろう。

忠吉は、店の土間へ滑り込んだ。

中は、ほのかに明るい。帳場に行灯《あんどん》が置いてあるおかげで、棚に並べられている草双紙や浮世絵を見ることができた。忠吉の描いた肉筆画も、まだ残っているかもしれない。

草履を脱いで帳場に上がった。

灯された行灯は、忠吉を導くように、奥の部屋にも置かれてある。

かび臭い紙の匂いを嗅ぎながら先へとすすんだ。足音は気にしなかった。誰が待っているのか、先刻承知であったからだ。

階段口にさしかかった。

見上げると、やはり行灯がある。

階段を登り、短い廊下に踏み込んだ。

突きあたって右の部屋に待ち人がいるのであろう。部屋の前で、忠吉は深々と息を吸い込んだ。そして、長々と吐く。それでも肚《はら》の底がわさわさと落ち着かず、同じことを幾度か繰り返した。

襖《ふすま》を開ける勇気が、じわじわと溜《た》まってきた。

ついに意を決し――。

すい、と横に開く。

「おう……!」

思わず声を出してしまった。

長い夜が明け、窓の障子がぼんやりと明るかった。

三畳ほどの狭い部屋である。

壁といい、天井といい、びっしりと、いっぱいに、肉筆画が飾られていた。美人画である。微笑んだり、澄ましたり、すねたり、横顔から、真正面から、後ろ姿から、すべて同じ女を思い入れたっぷりの筆致で描いていた。

よくぞ、よくぞ、これほど――。

すべて忠吉が描いた肉筆画であった。

目頭が熱くなる。瞼を閉じることで、かろえじて堪《こら》えた。

すぅ、と鼻で息を吸った。

残り香。

女のものである。

くすり、と誰かが背後で含み笑いを漏らした。

「おや、いやらしいこと」

「小春か」

「あい」

「おめえ……なんで後ろにいやがる?」

「ふふ、私もずいぶん歳をとってしまいましたからね。この老いた顔を見せるのが恥ずかしくて照れ臭くて……」

「お互い様じゃねえか」

「あいかわらず、乙女心のわからない旦那様」

「そいつぁ、すまなかったな」

「いいえ……」

小春の両手が、そっと忠吉の胴にまわされた。

それだけで、痺《しび》れるような心地である。

「あ、ああ……そうだ。身体の具体は？　寝込んでると聞いたぜ？」

「ええ、あれは仮病ですから」

「なっ……」

「おかげで、つつがなくお役目を退くことができましたよ」

小春の正体は、御庭番筋の裔《すえ》であった。

世襲の役職であり、竹橋や桜田などで御用屋敷をいただき、三十五俵三人扶持、お目見《めみえ》以下の軽輩ながら、将軍にも直に報告ができる立場であった。

忠吉が、小春からそれを知らされたのは、婚姻後のことである。

おそらく、お葉と小春が昔からの知己であったとは嘘なのだ。役目を退いた小春が、〈瑞鶴堂〉に移り住んだのち、藤次郎を介して親しくなり、忠吉のことを聞いていたのであろう。

（あの牝狐《めぎつね》め！）

心の中で、お葉を罵《ののし》った。

忠吉が、藤次郎に板下絵を見てもらって脂汗を流しているときも、小春はこの部屋にいたということになるのだ。

「藤次郎も御庭番なんだな？」

「ええ、あたしの甥《おい》です」

「甥かよ……」

忠吉は、鼻白んだ。

まさか血縁者とまでは思っていなかったのだ。

「……で……なんで、すぐ会いにこなかった？」

「だって……」

小春は答えにためらった。

「……怖かったのです」

「ああ……」

それは、忠吉も同じであった。

（この歳まで生きたって、わかんねえんだよ）

わかんなかったんだよ。

なんで、おまえがそばにいねえんだってな。なんで、こんな思いを後生大事に抱え込んでなきゃなんねえんだってな。

切なくてよ、辛くてよ……。

お天道さまにだだこねたって、どうにもなりゃしねえ。残された子供は可愛いが、そういうこっちゃねえんだよ。おまえがいねえんだ。おまえがいねえんだ。おまえだけがよぅ……。

歳くっても、餓鬼は餓鬼だ。

じじいンなったら、よけい餓鬼ンなった。

（わめきてえんだ。地面に寝転がって、じたばたしてえんだ）

ようやく、じじいンなったから、そうしてえんだよ。

「また、わしと暮らさないかね？」

忠吉はうれしかった。

まだ惚れているのは、自分だけではなかった。

部屋中に飾られた肉筆画を見ればわかる。

小春は、〈瑞鶴堂〉が仕入れるたびに、忠吉の絵を買ってくれていたのだ。

——絵で描いた恋文を——。

素人の肉筆画など、そもそも見世先で売れるはずがないではないか。

「……いいの？　こんなおばあちゃんでも？」

「ああ、いいともさ。もちろんさ」

どうしようもなく、忠吉の声は湿ってしまった。

「だから、もういちど……おれの嫁にきてくんな」

「……あい……」

甘やかな声で、そう答えてくれた。

小春の手の甲に、自分の手を重ねた。一度は手放した感触であった。忠吉と同じく、あれから何十年もの年輪を重ねた手だ。それでも、美しく、滑らかな——天女そのものの手であった。

もう、我慢できなかった。

熱い涙が、忠吉の眼からどっとあふれた。

これからは寒くなる。

ずいぶんと寒くなる。

とてもじゃないが、股引きだけでは間に合わなくなる。
寒くて寒くてどうしようもなく、凍え死んで
恋女房と身を寄せ合っていなければ、
しまうではないか……。

解説

末國善己

新美健は、二〇一五年、冒険小説とハードボイルドの手法を大胆に導入した時代小説『明治剣狼伝　西郷暗殺指令』（応募時のタイトル『巨眼を撃て』を改題）で、第七回角川春樹小説賞の特別賞を受賞してデビューした。内務卿・大久保利通の命を受け、西南戦争を起こした西郷隆盛を助ける救出隊に参加した藤田五郎（元新撰組の斎藤一）と、村田銃の開発者として知られる村田経芳が、合流前に救出隊隊長の竹内儀右衛門が暗殺されるといった危機を乗り越えながらも任務を遂行しようとする『明治剣狼伝』は、史実の隙間に迫力のアクションと謎解きの要素を織り込むスリリングな展開が高く評価され、第五回歴史時代作家クラブ賞の文庫新人賞を受賞した。

著者のデビュー二作目となる本書『つわもの長屋　三匹の侍』は、前作同様のハードなアクションや、二転三転するどんでん返しを残しながらも、ユーモアや人情のエッセンスを加えている。普通の新人なら成功した前作のパターンを踏襲するものだが、著者は勝負となる二作目で新たな作風に挑戦しており、ここからも確かな手腕がうかがえる。

　時代小説には、波正太郎「剣客商売」シリーズ、藤沢周平『三屋清左衛門残日録』、北原亞以子「慶次郎縁側日記」シリーズなど、老人が活躍する〝ご隠居もの〟とでも呼ぶべき作品がある。若い頃に同じ私塾に通い、老いて同じ長屋に集まった元奉行所の同心・吉沢忠吉、道場を息子の勘兵衛に譲った藪木雄太郎、武家の株を売って役者になった杉原弾七郎の三人がトラブルに挑む本書も、〝ご隠居もの〟の系譜に連なる作品といえる。

　これまでの〝ご隠居もの〟の主人公は、世の裏も表も知り尽くしているがゆえに何が起きても泰然自若としていて、体力の衰えや病に悩みながらも、長い人生経験に裏打ちされた懐の深さとしたたかな計算で事件を解決に導く〝大人〟が多かった。ところが本書の三人は、世俗的な悩みを抱えていて、欲望も断ち切れないでいるのだ。岡っ引きだった父が同心株を買ったため同心になった忠吉は、隠居後は趣味の肉筆浮世絵を描いて小遣い稼ぎをしている。忠吉は妻と離縁。名家出身で気位の高い嫁のお兼は、長屋で暮らす忠吉を世間体が悪いと思っている。謹厳実直な息子の吉嗣は妻に頭が上がらず、十八歳の孫娘の朔、十四歳の孫・武造は自由奔放な忠吉に呆《あき》れている。

荒稽古で有名だった〈藪木一刀流〉の道場を息子の勘兵衛に譲った雄太郎は、剣に自在を得るために道場を手放した生粋の剣客。それだけに剣の実力はあるのに、優しい指導で門弟を集めている勘兵衛が歯がゆくて仕方ない。

弾七郎は、幼い頃からフィクションの世界に耽溺《たんでき》し、武家の株を売って役者になった変わり者。〈斬《き》られ役の痩《や》せ浪人〉専一ながら贔屓《ひいき》も付き、手に入れた居酒屋〈酔七〉は、養子の洋太に任せている。老いても役者への情熱を失っていない弾七郎には、売れっ子戯作者《げさくしゃ》で十五歳下《としした》の妻お葉がいる。夫婦揃《そろ》って本好きのため、置き場に困っているとの設定は、愛書家ならば身につまされるのではないか。

「道理と分別」を好む忠吉、「生一本で豪傑肌」の雄太郎、「諧謔《かいぎゃく》と短慮と向こう見ず」を受け持つ弾七郎は、歳《とし》をとっても賢くならず、馬鹿は馬鹿なりに世間に迷惑をかけながら、図太く生きようと考えている。一昔前の老人は、大人の知恵を持ち、演歌、盆栽、俳句など、あまり若者が興味を持たない枯淡な趣味に興じるとの印象が強かった。ただ、若い頃にモータリゼーションとロックの洗礼を受けた世代が七十歳前後になっている現代では、若者と変わらない趣味を楽しんだり、それまで培った経験を活《い》かして社会に貢献したいと考えたりする元気な老人が増えている。老成するどころか稚気にあふれ、退屈しのぎに奇妙な事件に首を突っ込むなどして老いても成長を続ける忠吉たちのパワーには、既に第二の人生を謳歌《おうか》している方はもちろん、リタイア後にどんな生活を送るべきかを考え始める中高年も、共感できるように思える。

そんな三人が挑む最初の事件となる第一話「古町長屋の三隠居」は、二日前から帰宅していない朔の行方を追うことになる。朔は男装して勘兵衛に剣を学ぶ活発な娘で、相談に来た武造によると、朔には柄の悪い輩《やから》とつるんでいるとの噂《うわさ》もあるという。単純な人探しが思わぬ大事件に発展していく展開は、ダシール・ハメット『マルタの鷹』やレイモンド・チャンドラー『長いお別れ』を持ち出すまでもなくハードボイルドの王道なので、第一話はハードボイルドを愛する著者の面目躍如といえる。

第二話「残照開眼」は、〈藪木一刀流〉の道場に北辰一刀流を遣う霧島隆之介なる道場破りが現れ、勘兵衛が敗れるところから始まる。一般的な道場破りは、道場の看板を持ち去って名を上げようとするか、悪評を広めないとして口止めの金を要求するものだが、霧島はどちらもしなかった。忠吉が謎めいた霧島を調べる一方で、雄太郎は、霧島に負けた勘兵衛を鍛え直す。太平の世が続き、精神修養のために剣を学ぶ武士ばかりになった時代に、ひたすら人を斬る技を磨いてきた〈藪木一刀流〉の修行は凄《すさ》まじく、迫力のアクションは剣豪小説ファンも満足できる。剣で人生を語る雄太郎、それを受け止める勘兵衛の言葉なき会話には、深い感動がある。

第三話「野良の意気」は、弾七郎とお葉に焦点を当てている。お葉は人気の戯作者だが、凝りに凝った物語を作るので遅筆だった。そこへお葉の作風を真似《まね》た戯作が大量に出回り、板元の〈瑞鶴堂〉が経営危機に陥る。〈紀伊屋〉の主人・宗右衛門が資金援助を申し出るが、お葉との結婚という無理な条件を付けたのだ。第一線を退いた忠吉、雄太郎とは異なり、弾七郎は創作に打ち込むお葉に刺激を受け、今も舞台に立ち続けている。宗右衛門の目的を調べるミステリーの中に、夫婦の情愛とは何か、人が働く意味とは何かといったテーマが織り込まれており、考えさせられる。

第四話「青き稲穂」は、忠吉の息子の嫁お兼が、役者の由利之助と逢引《あいびき》している現場が目撃され、忠吉たちが真相を探ることになる。一方、浅草へ遊びに出掛けた朔と武造の姉弟は、父親に虐待《ぎゃくたい》されていたお信を救う。二つの出来事が意外な形でリンクしていくと、平穏に見えた吉沢家にも暗部があり、それとどのように向き合うかが鍵になるので、家族のドラマとしても秀逸である。自分探しをしていた武造は、お信に淡い恋心を抱くが、この恋の予想を超える結末にも驚かされるだろう。

長屋の一室で倒れた忠吉が、孤独死しかける衝撃のエピソードから始まる第五話「若気の陽炎」は、世代を問わず一人暮らし世帯が増えている現代では、とても他人《ひと》事とは思えない。見舞いに来た武造は、お葉から、忠吉の別れた妻の小春が身体《からだ》の具合が悪く、床から離れることができなくなっているとの伝言を預かっていた。ここから物語は四十年ほど前に遡り、若き日の三人が行った冒険にからみ、忠吉と小春との出会いが描かれていく。第五話は、忠吉たちが巻き込まれる幕府中枢の権力抗争を、虚実をないまぜにして活写しているので、政治スリラーとしても面白い。

最終話となる第六話「冬支度」は、〈藪木一刀流〉の道場が賊に襲われ、ご政道批判の芝居を書いたとしてお葉がお縄になり、武士を辞め金貸しになった忠吉の次男・吉二が、〈大名貸し〉の貸し倒れに遭うなど、三人が事件の当事者になってしまう。誰が、何をたくらんでお葉たちを陥れたのかを探る三人は、やがて驚愕《きょうがく》の真相を知ることになるが、謎が解かれると、物語の冒頭から周到な伏線が張り巡らされていたことも浮かび上がってくるので、著者の緻密な計算に圧倒されるはずだ。

別れた妻とは連絡を取っておらず、真面目に生きている息子と孫を避けるかのように一人暮らしをする忠吉、息子を一人の剣客として扱い、稽古の時は殺す気で打ちかかっていく雄太郎、恋女房に今も惚《ほ》れ抜いているのに、気づかいから夫婦が別居している弾七郎は、家族に対してドライなところがある。ただ三人が、身内の関係する事件を追うと、普段は疎遠で毒舌を投げ掛けることがあっても、三つの家族が深い〝絆《きずな》〟で繋《つな》がっていることも分かってくる。

シングルマザー、シングルファザーの家庭、共働きの夫婦や子供を作らない夫婦、自立志向を強める老人が家族との同居を拒むなど、現代では家族のあり方が多様化している。本書に登場する三つの家族が、こうした現状を象徴しているだけに、何気ない言動でさりげなく相手に〝愛〟を伝える三つの家族の姿は、紋切型の言葉を重ねるお涙頂戴の人情小説など及びもつかないほど、〝情〟が心に沁《し》みるのである。

マキノ雅弘、伊藤大輔、稲垣浩、山中貞雄ら、往年の時代劇を支えた名監督は、チャンバラと人情ものの両方を撮っている。デビュー作でハードな活劇と謀略を、二作目で謎解きと爽やかな人情を描いた著者は、作家として見事なスタートダッシュを決めたといえる。その著者が、これからどんなジャンルに挑み、どんな物語を紡ぐのか、楽しみでならない。

（すえくに・よしみ／文芸評論家）

本書は時代小説文庫（ハルキ文庫）の書き下ろし作品です。

時代小説文庫
に 9-2

つわもの長屋《ながや》 三匹《さんびき》の侍《さむらい》

著者 新美《にいみ》 健《けん》

2016年10月18日第一刷発行

発行者 角川春樹

発行所 株式会社 角川春樹事務所
〒102-0074 東京都千代田区九段南2-1-30 イタリア文化会館

電話 03(3263)5247［編集］ 03(3263)5881［営業］

印刷・製本 中央精版印刷株式会社

フォーマット・デザイン＆シンボルマーク 芦澤泰偉

ISBN978-4-7584-4042-4 C0193

http://www.kadokawaharuki.co.jp/［営業］
fanmail@kadokawaharuki.co.jp［編集］ ご意見・ご感想をお寄せください。